Im Juni 1788 kehrt Goethe »aus Italien, dem formenreichen«, in »das gestaltlose Deutschland« zurück, hat er den »heiteren Himmel mit einem düsteren« vertauscht. In den darauffolgenden beiden Jahren entstehen die *Römischen Elegien*, die in der Handschrift zunächst ›Erotica Romana‹ heißen und bei der Erstveröffentlichung in den ›Horen‹ unter dem Titel *Elegien. Rom 1788* erscheinen. Schon hier sind »die derbsten Elegien weggelassen worden, um die Dezenz nicht zu sehr zu beleidigen«, wie der Herausgeber Schiller schreibt. Diese wurden in der Folgezeit »Priapea« genannt, und sie sind in unserer vollständigen Ausgabe enthalten.

Ein weiterer Nachklang der Italienerfahrung wie auch eine thematische Fortführung erfolgen in den *Venezianischen Epigrammen*, die zunächst nur Freunden zugedacht waren, schließlich aber dank der Zusammenarbeit mit Schiller im ›Musenalmanach‹ unter dem Titel *Epigramme. Venedig 1790* abgedruckt wurden. Goethe, der einen engen Zusammenhang zwischen den *Römischen Elegien* und den *Venezianischen Epigrammen* sah, hat hier zwei Schwerpunkte des Empfindens nebeneinandergestellt: in den Elegien die Augenblicke der Liebe unter dem Eindruck des antiken Rom und in den Epigrammen das Venedig seiner Zeit unter dem Eindruck der fernen Geliebten.

Johann Wolfgang Goethe, geboren am 28. August 1749 in Frankfurt am Main, ist am 22. März 1832 in Weimar gestorben.

insel taschenbuch 3175

Johann Wolfgang Goethe

Römische Elegien

und Venezianische Epigramme

JOHANN WOLFGANG
GOETHE

RÖMISCHE ELEGIEN UND VENEZIANISCHE EPIGRAMME

Erotica Romana, Priapea
Herausgegeben von Karl Eibl

Insel Verlag

Klimaneutral
Druckprodukt
ClimatePartner.com/14438-2110-1001

3. Auflage 2024

Erste Auflage 2007
insel taschenbuch 3175

Umschlaggestaltung nach Entwürfen
von hißmann, heilmann, hamburg
Druck: Books on Demand GmbH, Norderstedt
Printed in Germany
ISBN 978-3-458-34875-7

www.insel-verlag.de

INHALT

RÖMISCHE ELEGIEN

EROTICA ROMANA

I

Saget Steine mir an, o sprecht ihr hohen Paläste
  Straßen redet ein Wort! Genius rührst du dich nicht?
Ja es ist alles beseelt in deinen heiligen Mauern,
  Ewige Roma nur mir schweiget noch alles so still.
O wer flüstert mir zu an welchem Fenster erblick ich
  Einst das holde Geschöpf das mich verseng' und erquick'?
Ahnd' ich die Wege noch nicht durch die ich immer und immer
  Zu ihr und von ihr zu gehn wandlend ihr opfre die Zeit.
Noch betracht ich Paläst' und Kirchen, Ruinen und Säulen
  Wie ein bedächtiger Mann der eine Reise benutzt.
Doch bald ist es vorbei, dann wird ein einziger Tempel,
  Amors Tempel nur sein der den Geweihten empfängt.
Zwar du bist die Welt, o Rom, doch ohne die Liebe
  Wäre die Welt nicht die Welt, wäre denn Rom auch nicht Rom.

II

Mehr als ich ahndete schön das Glück es ist mir geworden
  Amor führte mich klug allen Palästen vorbei.
Ihm ist es lange bekannt, auch hab ich es selbst wohl erfahren
  Was ein goldnes Gemach hinter Tapeten verbirgt.

Nennet blind ihn und Knaben und ungezogen ich kenne
　Kluger Amor dich wohl, nimmer bestechlicher Gott!
Uns verführten sie nicht die majestätschen Façaden,
　Nicht der galante Balkon, weder das ernste Cortil.
Eilig ging es vorbei, und niedre zierliche Pforte
　Nahm den Führer zugleich, nahm den Verlangenden auf.
Alles verschafft er mir da, hilft alles und alles erhalten
　Streuet jeglichen Tag frischere Rosen mir auf.
Hab ich den Himmel nicht hier? – Was gibst du schöne Borghese,
　Nipotina was gibst deinem Geliebten du mehr?
Tafel, Gesellschaft und Cors und Spiel und Oper und Bälle
　Amorn rauben sie nur oft die gelegenste Zeit.
Ekel bleibt mir Gezier und Putz und hebet am Ende
　Sich ein brokatener Rock nicht wie ein wollener auf?
Oder will sie bequem den Freund im Busen verbergen,
　Wünscht er von alle dem Schmuck nicht schon behend sie befreit?
Müssen nicht jene Juwelen und Spitzen, Polster und Fischbein
　Alle zusammen herab, eh er die Liebliche fühlt?
Näher haben wir das! Schon fällt dein wollenes Kleidchen,
　So wie der Freund es gelöst faltig zum Boden hinab.
Eilig trägt er das Kind, in leichter linnener Hülle
　Wie es der Amme geziemt, scherzend aufs Lager hinan.
Ohne das seidne Gehäng und ohne gestickte Matratzen
　Stehet es, zweien bequem, frei in dem weiten Gemach.
Nehme dann Jupiter mehr von seiner Juno, es lasse
　Wohler sich, wenn er es kann irgendein Sterblicher sein.
Uns ergötzen die Freuden des echten nacketen Amors
　Und des geschaukelten Betts lieblicher knarrender Ton.

III

Gräme Geliebte dich nicht daß du so schnell dich ergeben
    Glaub' es ich denke nicht frech, denke nicht niedrig von dir.
Tausendfach wirken die Pfeile des Amors, flößen die einen
    Schleichenden Gift in die Brust, kranket auf Jahr das Herz;
O so gibt es die rechten unabgenutzten sie zünden
    Über den Scheitel hinauf, nieder zur Ferse den Brand
In der heroischen Zeit da Götter und Göttinnen liebten,
    Folgte Begierde dem Blick, folgte Genuß der Begier.
Glaubst du es habe sich lange die Göttin der Liebe besonnen,
    Als im Idaeischen Wald einst ihr Anchises gefiel?
Hätte Luna gesäumt den schönen Schläfer zu küssen
    O so hätt ihn geschwind neidisch Aurora geweckt.
Hero sah Leandern beim lauten Fest und behende
    Stürzte der Liebende sich heiß in die nächtliche Flut.
Eine Königstochter die reife Jungfrau sie wandelt
    Stillen Pfades zum Brunn dorten belauscht sie der Gott.
So erzeugte sich Mars zwei Söhne! – die Zwillinge tränket
    Eine Wölfin und Rom nennt sich die Fürstin der Welt.

IV

Fraget nun wen ihr auch wollt mich werdet ihr nimmer erreichen
    Schöne Damen und ihr Herren der feineren Welt!
Ob denn auch Werther gelebt? ob denn auch alles fein wahr sei?
    Welche Stadt sich mit Recht Lottens der Einzigen rühmt?
Ach wie hab ich so oft die törigten Blätter verwünschet,
    Die mein jugendlich Leid unter die Menschen gebracht.

Wäre Werther mein Bruder gewesen, ich hätt ihn erschlagen,
 Kaum verfolgte mich so rächend sein trauriger Geist.
So verfolgte das Liedchen Malbrough den reisenden Briten
 Erst von Paris nach Livorn, dann von Livorno nach Rom
Weiter nach Napel hinunter und wär er nach Madras gesegelt,
 Malbrough empfing ihn auch dort Malbrough im Hafen das Lied.
Glücklich bin ich entflohn sie kennet Werthern und Lotten
 Kennet den Namen des Manns der sie sich eignete kaum.
Sie erkennet in ihm den freien rüstigen Fremden
 Der in Bergen und Schnee hölzerne Häuser bewohnt.
Teilt die Flammen die sie in seinem Busen entzündet
 Freut sich daß er das Gold nicht wie der Römer bedenkt,
Besser ist ihr Tisch bestellt, es fehlet an Kleidern
 Fehlet am Wagen ihr nicht der nach der Oper sie bringt.
Mutter und Tochter erfreun sich ihres nordischen Gastes,
 Und der Barbare beherrscht römischen Busen und Leib.

V

Fromm sind wir Liebende, still verehren wir alle Dämonen
 Wünschen uns jeglichen Gott, jegliche Göttin zum Freund.
Und so gleichen wir euch o römische Sieger! den Göttern
 Aller Völker der Welt bietet ihr Wohnungen an.
Habe sie schwarz und streng aus altem Granit der Ägypter
 Oder ein Grieche sie weiß reizend aus Marmor geformt.
Doch verdrießet es nicht die Ewigen wenn wir besonders
 Weihrauch köstlicher Art einer der Göttlichen streun.
Ja wir bekennen euch gern es bleiben unsre Gebete,
 Unser täglicher Dienst Einer besonders geweiht.

Schalkhaft, munter und ernst begehen wir heimliche Feste
Und das Schweigen geziemt allen Geweihten genau.
Eher lockten wir selbst die Erynnen durch gräßliche Taten
An die Fersen uns her wagten es eher des Zeus
Hartes Gericht an rollenden Rädern und Felsen zu dulden,
Als dem reizenden Dienst unser Gemüt zu entziehn
Diese Göttin sie heißt Gelegenheit! lernet sie kennen,
Sie erscheinet euch oft immer in andrer Gestalt.
Eine Tochter des Proteus möchte sie sein mit Thetis gezeuget,
Deren verwandelte List manchen Heroen betrog.
So betrügt nun die Tochter den Unerfahrnen, den Blöden,
Schlummernde necket sie lang wachende fliegt sie vorbei.
Gern ergibt sie sich nur dem raschen tätigen Manne
Dieser findet sie zahm, spielend und zärtlich und hold.
Einst erschien sie auch mir, ein bräunliches Mädchen, die Haare
Fielen dunkel und reich über die Stirne herab.
Kurze Locken ringelten sich ums zierliche Hälschen
Ungeflochten und kurz krauste der Nacken das Haar.
Und ich verkannte sie nicht, ergriff die Eilende, lieblich
Gab sie Umarmung und Kuß bald mir gelehrig zurück.
O wie war ich beglückt – Doch stille die Zeit ist vorüber
Blonde Flechten ihr habt römische Ketten mich nun.

VI

Froh empfind' ich mich nun auf klassischem Boden begeistert.
Lauter und reizender spricht Vorwelt und Mitwelt zu mir.
Ich befolge den Rat durchblättre die Werke der Alten
Mit geschäftiger Hand täglich mit neuem Genuß.

Aber ich habe des Nachts die Hände gerne wo anders
  Werd ich auch halb nur gelehrt, bin ich doch doppelt vergnügt.
Und belehr ich mich nicht, wenn ich des lieblichen Busens
  Formen spähe, die Hand leite die Hüften hinab.
Dann versteh ich erst recht den Marmor, ich denk und vergleiche,
  Sehe mit fühlendem Aug, fühle mit sehender Hand.
Raubet die Liebste denn gleich mir einige Stunden des Tages,
  Gibt sie Stunden der Nacht mir zur Entschädigung hin
Wird doch nicht immer geküßt es wird vernünftig gesprochen
  Schlummert mein Schätzchen erst ein lieg ich
    und denke mir viel.
Oftmals hab ich auch schon in ihren Armen gedichtet
  Und des Hexameters Maß leise mit fingernder Hand
Ihr auf den Rücken gezählt, es schlummert das liebliche Mädchen
  Und es durchglühet ihr Hauch mir bis ins tiefste die Brust.
Amor schüret indes die Lampe und denket der Zeiten
  Da er den nämlichen Dienst seinen Triumvirn getan.

VII

Kannst du, o Grausamer! mich in solchen Worten betrüben?
  Reden so bitter und hart liebende Männer bei euch!
Daß das Volk mich verklagt, ich muß es dulden und bin ich
  Etwa nicht schuldig? doch ach! schuldig nur bin ich mit dir!
Diese Kleider sie sind der neidischen Nachbarin Zeugen
  Daß die Witwe nicht mehr einsam den Gatten beweint.
Bist du unvorsichtig nicht oft bei Mondschein gekommen?
  Grau, im dunklen Surtout, hinten gerundet das Haar?
Hast du dir scherzend nicht selbst die geistliche Maske gewählet?
  Solls ein Prälate denn sein gut, der Prälate bist du.

In dem geistlichen Rom, kaum scheint es glaublich,
doch schwör ich
Nie hat ein Geistlicher sich meiner Umarmung gefreut.
Arm war ich und jung und wohlbekannt den Verführern
Falkonieri hat mir oft in die Augen gegafft,
Und die Kuppler Albanis mich mit gewichtigen Zetteln
Bald nach Ostia bald nach den vier Brunnen gelockt.
Aber wer nicht kam das war das Mädchen. So hab ich
Rotstrumpf immer gehaßt und Violettstrumpf dazu.
Denn ihr seid am Ende doch nur betrogen so sagte
Mir der Vater wenn auch leichter die Mutter es nahm.
Und so bin ich denn auch am Ende betrogen! du zürnest
Nur zum Scheine mit mir weil du verlassen mich willst.
Geh! ihr seid der Frauen nicht wert! wir tragen die Kinder
Unter dem Herzen und so tragen die Treue wir auch,
Aber ihr Männer ihr schüttet mit eurer Kraft und Begierde
Auch die Liebe zugleich in den Umarmungen aus!
Also sprach die Geliebte und nahm den Kleinen vom Stuhle,
Drückt ihn küssend ans Herz, Tränen entquollen dem Blick.
Und wie saß ich beschämt daß die Gespräche der Menschen
Dieses liebliche Bild mir zu beflecken vermocht.
Dunkel brennt das Feuer nur augenblicklich und dampfet,
Wenn das Wasser die Glut stürzend und gähling verhüllt;
Aber sie reinigt sich schnell, sie jagt die Dämpfe von hinnen,
Neuer und mächtiger dringt prasselnd die Flamme hinauf.

VIII

O wie machst du mich, Römerin, glück⟨lich⟩. Gedenk ich der Zeiten
Da mich ein graulicher Tag hinten im Norden umfing,
Trübe der Himmel und schwer auf meinen Scheitel sich neigte
Farb' und gestaltlos die Welt um den Ermatteten lag
Da ein sittliches Bette dem darbenden Armen vergebens
Lohn der einsamen Nacht ruhige Stunden verhieß.
Nun umleuchtet der Glanz des hellen Äthers die Stirne,
Phöbus rufet der Gott Formen und Farben hervor.
Sternenhelle glänzet die Nacht, sie klingt von Gesängen
Und mir leuchtet der Mond bis an dein stilles Gemach.
Welche Seligkeit ward mir Sterblichen? Träum ich? Empfänget
Dein ambrosisches Haus, Jupiter Vater den Gast?
Siehe hier lieg ich und strecke nach deinen Knien die Hände
Flehend aus. O vernimm Jupiter Xenius mich!
Wie ich hereingekommen ich kann es nicht sagen, es faßte
Hebe den Wandrer und zog mich in die Hallen heran
Hast du ihr einen Heroen herauf zu führen geboten
Irrte die Schöne? Vergib! Laß mich des Irrtums mich freuen!
Deine Tochter Fortuna sie auch! die herrlichsten Gaben
Teilet sie Mädchenhaft aus, wie es die Laune gebeut.
Bist du der wirtliche Gott o so verstoße den Gastfreund
Nicht von deinem Olymp wieder zur Erde hinab
»Dichter! wo versteigst du dich hin?« – Vergib mir, der hohe
Capitolinische Berg ist dir ein zweiter Olymp.
Dulde mich Jupiter hier und Hermes führe mich später
Die Pyramide vorbei leise zum Orcus hinab.

IX

Wenn du mir sagst du habest als Kind, Geliebte, den Menschen
Nicht gefallen und dich habe die Mutter verschmäht
Bis du größer geworden und dich entwickelt, ich glaub es,
Gerne denk ich in dir mir ein besonderes Kind.
So vermisset die Blüte des Weinstocks Farben und Bildung
Wenn die Beere gereift Götter und Menschen entzückt.

X

Herbstlich leuchtet das Feuer gesellig vom ländlichen Herde,
Knisternd glänzet sie rasch, sausend vom Reisig empor.
Diesen Abend freut sie mich mehr denn eh noch zur Kohle
Sich das Bündel verzehrt, unter die Asche sich neigt
Kommt mein liebliches Mädchen dann wird erst Reisig u.⟨nd⟩ Scheite
Werden nicht gespart warm sei und glänzend die Nacht.
Morgen frühe geschäftig verläßt sie das Lager der Liebe
Weckt aus der Asche behend' Flammen aufs neue hervor.
Denn das gab ihr Amor vor vielen andern die Freude
Wieder zu wecken wenn sie still wie zu Asche versank.

XI

Alexander Caesar und Heinrich und Friedrich die Großen
Gäben die Hälfte mir gern ihres erworbenen Ruhms

Wenn ich ihnen dies Lager auf eine Nacht nur vergönnte
  Aber die Guten man hält leider im Orcus sie fest.
Freue dich also Lebendger des lieberwärmeten Lagers
  Ehe den fliehenden Fuß schauerlich Lethe dir netzt.

XII

Euch o! Grazien legt ein Dichter die wenigen Blätter
  Auf den reinen Altar Knospen der Rose dazu.
Und er tut es getrost. Dahin bestrebt sich der Künstler
  Daß die Werkstatt um ihn immer ein Pantheon sei.
Jupiter senket die göttliche Stirne und Juno erhebt sie,
  Phoebus schreitet hervor, schüttelt das lockige Haupt,
Trocken schauet Minerva herab und Hermes der leichte
  Wendet zur Seite den Blick, schalkhaft und zärtlich zugleich;
Aber nach Bacchus dem weichen, dem holden wendet Cythere
  Augen voll süßer Begier, selbst in dem Marmor noch feucht.
Sie gedenket seiner Umarmung und scheinet zu fragen:
  Sollte der herrliche Sohn uns an der Seite nicht stehn?

XIII

Hörest du Liebchen das muntre Geschrei den Flamminischen Weg her?
  Schnitter sind es, sie ziehn wieder nach Hause zurück,
Weit von hier. Sie haben dem Römer die Ernte vollendet
  Der nicht für Ceres den Kranz selber zu flechten sich bückt.
Keine Feste sind mehr der großen Göttin gewidmet
  Die statt Eichlen zur Kost goldenen Weizen verlieh.

Laß uns hier das Fest im Stillen freudig begehen.
  Zwei recht Liebende sind statt des versammelten Volks
Hast du wohl jemals gehört von jener mystischen Feier
  Die von Eleusis hierher frühe dem Sieger gefolgt?
Griechen stifteten sie und immer riefen nur Griechen,
  Selbst in den Mauern von Rom: »kommt zur geheiligten Nacht!«
Und es floh der Profane, da bebte der wartende Neuling
  Den ein weißes Gewand Zeichen der Unschuld umgab.
Wunderlich verwirrten den Eingeführten die Kreise
  Seltner Gestalten im Traum schien er zu wallen, denn hier
Wanden sich Schlangen im Heiligtum, Kästchen verschlossen
  Blumen und Ähren umkränzt trugen hier Mädchen vorbei.
Vielbedeutend gebärdeten sich die Priester und summten,
  Ungeduldig und bang harrte der Lehrling auf Licht.
Erst nach vielen Proben oft wiederkehrend erfuhr er
  Was der geheiligte Kreis seltsam in Bildern verbarg.
Und was war das Geheimnis? als daß Demeter die Große
  Sich gefällig einmal auch auf den Rücken gelegt,
Als sie dem edlen Jasion dem rüstigen König der Kreter
  Ihres unsterblichen Leibs holdes Verborgne gegönnt.
Da war Kreta beglückt, das Hochzeitbette der Göttin
  Strotzte von Ähren und reich drückte den Acker die Saat.
Aber die übrige Welt verschmachtete denn es versäumte
  Über der Liebe Genuß Ceres den schönen Beruf.
Voll Erstaunen vernahm der Eingeweihte das Märchen,
  Winkte der Liebsten – Verstehst du nun Geliebte den Wink?
Folge mir eilig ins Rohrgebüsch unten am Weinberg
  Unsre Zufriedenheit bringt keine Gefährde der Welt.

XIV

Amor bleibet ein Schalk, wer ihm vertraut ist betrogen,
 Heuchlerisch kam er zu mir, traue mir diesmal nur noch.
Redlich mein ichs mit dir, du hast dein Leben und Dichten,
 Dankbar erkenn ich es wohl meiner Verehrung geweiht.
Siehe ich bin dir nun auch nach Rom gefolget, ich möchte
 Dir im fremden Gebiet gern was gefälliges tun.
Jeder Reisende klagt er finde schlechte Bewirtung;
 Welchen Amor empfiehlt köstlich bewirtet man den.
Du betrachtest mit Staunen die Trümmern alter Gebäude,
 Und durchschauest mit Sinn diesen geheiligten Raum.
Mehr verehrest du noch die alten Reste des Bildens
 Einziger Künstler, die ich stets in der Werkstatt besucht
Diese Gestalten ich lehrte sie formen. Verzeih mir, ich prahle
 Diesmal nicht, du gestehst was ich dir sage sei wahr.
Seit du mir lässiger dienst wo sind die schönen Gestalten,
 Wo die Farben, der Glanz deiner Erfindungen hin?
Denkst du Freund nun wieder zu bilden, die Attische Schule
 Blieb noch offen das Tor schlossen die Jahre nicht zu.
Ich der Lehrer bin ewig jung und liebe die Jungen.
 Nicht so altklug getan! Munter! Begreife mich wohl!
Das antike war neu als jene glückliche lebten
 Lebe glücklich und so lebe die Vorzeit dir auf.
Stoff zum Liede, wo nimmst du ihn her? ich muß dir ihn geben,
 Und den höheren Styl lehret die Liebe dich nur.
Also sprach der Sophiste. Wer widersprach ihm und leider
 Bin ich die Herrschaft so lang' seiner Befehle gewohnt.
Nun verräterisch hält er sein Wort gibt Stoff mir zum Liede,
 Ach und raubt mir die Zeit, Kraft und Besinnung zugleich.

Blicke, Händedruck und Küsse gemütliche Worte,
    Sylben köstlichen Sinns wechselt ein liebendes Paar.
Da wird ein Lispeln Geschwätze, da wird ein Stottern zur Rede,
    Solch ein Hymnus verhallt ohne prosodisches Maß.
Dich Aurora wie kannt ich dich sonst als Freundin der Musen!
    Dich Aurora hat auch Amor der lose verführt.
Du erscheinest mir nun als seine Freundin und weckest
    Mich an seinem Altar, wieder zum Dienste mich auf.
Find ich die Fülle der Locken an meinem Busen! Das Köpfchen
    Drucket ruhend den Arm der sich dem Halse bequemt.
Welch ein freudig Erwachen! Erhieltet ihr ruhige Stunden
    Mir das Denkmal der Lust die in den Schlaf uns gewiegt –
Sie bewegt sich im Schlummer und ruht auf der Breite des Lagers
    Weggewendet und doch läßt sie mir Hand noch in Hand.
Herzliche Liebe verbindet uns immer und treues Verlangen,
    Und den Wechsel behielt nur die Begierde sich vor.
Einen Druck der Hand, so säh ich die himmlischen Augen
    Wieder offen – O nein! Laßt auf der Bildung mich ruhn!
Bleibt geschlossen ihr macht mich verworren und trunken, ihr raubet
    Mir den schönen Genuß stiller Betrachtung zu früh.
Diese Formen wie rein! Wie edel gewendet die Glieder!
    Schlief Ariadne so schön, Theseus du konntest entfliehn!
Einen Kuß auf diese Lippen! O Theseus zum Abschied! – –
    Siehe sie öffnet ihr Aug ewig nun hält sie dich fest.

XV

Zünde Licht an, o Knabe, »Noch ist es hell ihr verzehret
 Öl und Docht nur umsonst. Schließet die Läden doch nicht!
Hinter den Häusern ist wohl die Sonne, nicht hinter dem Berge,
 Noch ein Halbstündchen vergeht bis zum Geläute der Nacht.«
Unglückselger geh und gehorche. Mein Mädchen erwart ich,
 Tröste mich Lämpchen indes, lieblicher Bote der Nacht.

XVI

Zwei gefährliche Schlangen, vom Chore der Dichter gescholten,
 Grausend nennt sie die Welt Jahre die Tausende schon,
Python dich und dich Lernäischer Drache! Doch seid ihr
 Durch die rüstige Hand tätiger Götter gefällt.
Ihr zerstöret nicht mehr mit feurigem Atem und Geifer
 Herde, Wiesen und Wald goldene Saaten nicht mehr.
Doch welch ein feindlicher Gott hat uns im Zorne die neue
 Ungeheure Geburt giftigen Schlammes gesandt?
Überall schleicht er sich ein, und in den lieblichsten Gärtchen
 Lauert tückisch der Wurm, packt den Genießenden an.
Sei mir hesperischer Drache gegrüßt, du zeigtest dich mutig,
 Du verteidigtest kühn goldener Äpfel Besitz!
Aber dieser verteidiget nichts – und wo er sich findet
 Sind die Gärten, die Frucht keiner Verteidigung wert.
Heimlich krümmet er sich im Busche, besudelt die Quellen,
 Geifert, wandelt in Gift Amors belebenden Tau.
O! wie glücklich warst du Lucrez! du konntest der Liebe
 Ganz entsagen und dich jeglichem Körper vertraun.

Selig warst du Properz! Dir holte der Sklave die Dirnen
   Vom Aventinus herab, aus dem Tarpeischen Hain.
Und wenn Cynthia dich aus jenen Umarmungen schreckte
   Untreu fand sie dich zwar; aber sie fand dich gesund.
Jetzt wer hütet sich nicht langweilige Treue zu brechen!
   Wen die Liebe nicht hält, hält die Besorglichkeit auf.
Und auch da, wer weiß! gewagt ist jegliche Freude
   Nirgend legt man das Haupt ruhig dem Weib in den Schoß.
Sicher ist nicht das Ehbett mehr, nicht sicher der Ehbruch;
   Gatte, Gattin und Freund eins ist im andern verletzt.
O! der goldenen Zeit! da Jupiter noch, vom Olympus,
   Sich zur Semele bald, bald zu Callisto begab.
Ihm lag selber daran die Schwelle des heiligen Tempels
   Rein zu finden den er liebend und mächtig betrat.
O! wie hätte Juno getobt, wenn im Streite der Liebe
   Gegen sie der Gemahl giftige Waffen gekehrt.
Doch wir sind nicht so ganz wir alte Heiden verlassen,
   Immer schwebet ein Gott über der Erde noch hin,
Eilig und geschäftig, ihr kennt ihn alle verehrt ihn!
   Ihn den Boten des Zeus, Hermes den heilenden Gott.
Fielen des Vaters Tempel zu Grund, bezeichnen die Säulen
   Paarweis kaum noch den Platz alter verehrender Pracht,
Wird des Sohnes Tempel doch stehn und ewige Zeiten
   Wechselt der Bittende stets dort mit dem Dankenden ab.
Eins nur fleh ich im stillen, an euch ihr Grazien wend ich
   Dieses heiße Gebet tief aus dem Busen herauf.
Schützet immer mein kleines, mein artiges Gärtchen, entfernet
   Jegliches Übel von mir, reichet mir Amor die Hand,
O! so gebet mir stets, sobald ich dem Schelmen vertraue,
   Ohne Sorgen und Furcht ohne Gefahr den Genuß.

XVII

Caesarn wär ich wohl nie zu den Britannen gefolget
Florus hätte mich leicht in die Popine geschleppt
Denn mir bleiben weit mehr die Nebel des traurigen Nordens,
Als ein geschäftiges Volk südlicher Flöhe verhaßt.
Und noch schöner von heut an seid mir gegrüßet ihr Schenken,
Osterien wie euch schicklich der Römer benennt;
Denn ihr zeigtet mir heute die Liebste vom Oheim begleitet,
Den die Gute solang mich zu besitzen betrügt.
Hier stand unser Tisch den Deutsche vertraulich umgaben
Drüben setzte der Schatz neben der Mutter sich hin.
Und sie rückte sich hin und her und wußt' es zu machen
Daß ich halb ihr Gesicht halb ihren Nacken gewann.
Lauter sprach sie als hier die Römerin pfleget, credenzte
Blickte seitwärts nach mir goß und verfehlte das Glas
Wein floß über den Tisch und sie, mit zierlichem Finger,
Zog auf dem hölzernen Blatt Kreise der Feuchtigkeit hin.
Meinen Namen verschlang sie mit ihrem ich merkte begierig
Immer aufs Fingerchen auf und sie bemerkte mich wohl.
Endlich zog sie behende das Zeichen der römischen Fünfe
Und ein Strichlein davor; schnell und sobald ichs gesehn
Schlang sie Kreise durch Kreise die Lettern und Ziffern zu löschen,
Aber die köstliche vier blieb mir ins Auge geprägt.
Stumm war ich sitzen geblieben und biß die glühende Lippe
Halb aus Schalkheit und Lust halb aus Begierde mir wund.
Noch so lange bis Nacht dann noch vier Stunden zu warten!
Hohe Sonne du weilst und du beschauest dein Rom!
Größeres sahest du nichts und wirst nichts größeres sehen,
Wie es dein Priester Horaz in der Entzückung versprach.

Aber heute verweile dich nicht und wende die Blicke
  Von dem Siebengebirg früher und williger ab.
Einem Dichter zulieb verkürze die herrlichen Stunden,
  Die mit begierigem Aug glücklich der Maler genießt.
Glühend blicke noch schnell zu diesen hohen Façaden,
  Kuppeln und Säulen zuletzt und Obelisken herauf.
Stürze dich eilig ins Meer um morgen früher zu sehen
  Was du mit göttlicher Lust viele Jahrhunderte sahst.
Diese feuchte mit Rohr so lange bewachsnen Gestade
  Diese mit Bäumen und Busch düster beschatteten Höhn,
Wenig Hütten zeigten sie dir und waren auf einmal
  Von einem wimmlenden Volk, glücklicher Räuber belebt.
Alles schleppten sie dann an diese Stätte zusammen,
  Kaum war das übrige Rund, deiner Betrachtung noch wert.
Sahst eine Welt hier entstehn, dann eine Welt hier in Trümmern
  Aus den Trümmern aufs neu fast eine größere Welt.
Daß ich diese noch lange von dir beleuchtet erblicke
  Spinne die Parze mir klug langsam den Faden herab.
Aber sie eile herbei die schön bezeichnete Stunde! –
  Glücklich! hör ich sie schon? Nein! doch ich höre schon drei
So ihr lieben Musen betrogt ihr wieder die Länge
  Dieser Weile die mich von der Geliebten getrennt.
Lebet wohl nun eil ich und fürcht euch nicht zu beleidgen,
  Denn ihr stolzen ihr gebt Amorn doch immer den Rang

XVIII

Warum bist du Geliebter nicht heute zur Vigne gekommen?
  Wie ich dir es versprach wartet ich einsam auf dich. –

»Beste schon war ich hinein, da sah ich zum Glücke den Oheim,
Neben den Stöcken bemüht hinwärts und herwärts sich drehn.
Schleichend eilt ich hinaus!–« O welch ein Irrtum ergriff dich!
Nur ein Vogelscheu wars was dich vertrieb! die Gestalt
Flickt' er emsig zusammen aus alten Kleidern und Rohren,
Ach! ich half ihm daran selbst mir zu schaden bemüht.
Nun sein Wunsch ist erfüllt, er hat den losesten Vogel
Heute verscheuchet der ihm Gärtchen und Nichte bestiehlt.

XIX

Manche Töne sind mir zuwider doch bleibet am meisten
Hundegebell mir verhaßt, kläffend zerreißt es mein Ohr.
Einen Hund nur hör ich sehr oft mit frohem Behagen,
Bellend kläffen, den Hund den sich der Nachbar erzog.
Denn er bellte mir einst mein Mädchen an das sich heimlich
Zu mir stahl und verriet unser Geheimnis beinah.
Jetzo, hör ich ihn bellen so denk ich mir immer sie kommt wohl,
Oder ich denke der Zeit da die Erwartete kam.

XX

Eines ist mir verdrießlich vor vielen Dingen, ein andres
Bleibt mir abscheulich, empört jegliche Faser in mir.
Nur der bloße Gedanke. Ich will es euch Freunde gestehen
Gar verdrießlich ist mir einsam das Lager zu Nacht.
Aber ganz abscheulich ists auf dem Wege der Liebe
Schlangen zu fürchten und Gift unter den Rosen der Lust.

Wenn im schönsten Moment der hin sich gebenden Freude
  Deinem sinkenden Haupt lispelnde Sorge sich naht.
Darum macht mich mein Mädchen so glücklich sie teilet das Lager
  Gerne mit mir und bewahrt Treue dem Treuen genau.
Wäre sie zehenmal schöner und klüger und edler geboren
  Williger gäbe sie nicht gäbe nicht reiner sich mir.
Hindernisse will die rasche Jugend, ich liebe
  Mich des versicherten Guts lange bequem zu erfreun.
Welche Seligkeit ists wir wechseln sichere Küsse,
  Atem und Leben getrost saugen und flößen wir ein.
So erfreuen wir uns der langen Nächte, wir lauschen
  Busen an Busen gedrängt Stürmen und Regen und Guß.
So erscheinet uns der Morgen es bringen die Stunden
  Neue Blumen hervor schmücken uns festlich den Tag
Gönnet mir Quiriten dies Glück und welcher mich tadelt,
  Werde glücklich wie ich, fühl es und lobe mich dann.

XXI

Ja vom guten Rufe geht etwas verloren, denn Fama
  Steht mit Amorn ich weiß meinem Gebieter in Streit.
Wißt auch ihr woher es entsprang daß beide sich hassen?
  Alte Geschichten sind das und ich erzähle sie wohl.
Immer war sie die mächtige Göttin doch für die Gesellschaft
  Unerträglich, denn gern führt sie das herrschende Wort.
Und sie war von je bei allen Festen der Götter
  Mit der Stimme von Erz Großen und kleinen verhaßt.
So berühmte sie einst sich übermäßig, sie habe
  Jovis herrlichen Sohn ganz sich zum Sklaven gemacht.

Meinen Herkules führ ich dereinst, o Vater der Götter!
  Rief triumphierend sie aus, wiedergeboren dir zu.
Es ist nicht Herkules mehr den dir Alcmene geboren,
  Seine Verehrung für mich macht ihn auf Erden zum Gott
Schaut er nach dem Olymp, so glaubst du er schaue nach deinen
  Mächtigen Knien vergib! Nur in dem Äther nach mir
Blickt der würdigste Mann. Mich zu verdienen durchschreitet
  Leicht sein mächtiger Fuß Bahnen die keiner betrat
Aber auch ich begegn' ihm auf seinen Wegen und preise
  Seinen Namen voraus eh er die Tat noch beginnt.
Mich vermählst du ihm einst, der Amazonen Besieger
  Werd auch meiner und ihn nenn ich mit Freuden Gemahl.
Alles schwieg und Amor schlich sich bei Seite, den Helden
  Bracht er mit weniger Kunst unter der Schönsten Gewalt.
Neckisch vermummt er sein Paar, ihr hängt er die Bürde des Löwen
  Über die Schultern und lehnt mühsam die Keule dazu.
Drauf bespickt er mit Blumen des Helden sträubende Haare,
  Reichet den Rocken der Faust die sich dem Scherze bequemt.
Wie er die seltsame Gruppe mutwillig geordnet so läuft er
  Eilig und rufet: Herbei! herrliche Taten geschehn!
Nie hat Erd und Himmel die unermüdete Sonne
  Hat auf der ewigen Bahn keines der Wunder gesehn.
Alles eilte, sie glaubten dem losen Knaben, denn ernstlich
  Hatt' er gesprochen und selbst Fama sie blieb nicht zurück.
Wer sich freute den Mann so tief erniedrigt zu sehen
  Denkt ihr Juno! Es galt Amorn ein freundlich Gesicht.
Fama daneben wie stand sie beschämt verlegen, verzweifelnd!
  Anfangs lachte sie nur: Masken ihr Götter sind das!
Meinen Helden ich kenn ihn besser, es haben Tragöden
  Uns zum besten, doch bald sah sie mit Schmerzen er wars!

Nicht den tausendsten Teil verdroß es Vulkanen sein Weibchen
Mit dem rüstigen Freund unter den Maschen zu sehn,
Als das verständige Netz im rechten Moment sie umfaßte
Die verschlungnen umschlang, fest die Genießenden hielt.
Wie sich die Jünglinge freuten! Merkur und Bacchus! Sie beide
Mußten gestehen es sei zwischen den Schenkeln zu ruhn
Dieses herrlichen Weibs ein schöner Gedanke. Sie baten:
Löse Vulkan sie noch nicht! Laß sie noch einmal besehn.
Und der Alte war so Hahnrei und hielt sie nur fester.
Aber Fama sie floh rasch und voll Grimmes davon.
Seit der Zeit ist zwischen den beiden nicht Stillstand der Fehde,
Wie sie Helden erwählt gleich ist der Knabe darnach
Wer sie am höchsten verehrt den weiß er am besten zu fassen
Und den Sittlichsten greift er am gefährlichsten an.
Will ihm einer entgehn den bringt er vom Schlimmen ins Schlimmste,
Mädchen bietet er an, wer sie ihm törigt verschmäht
Muß erst grimmige Pfeile von seinem Bogen erdulden
Mann erhitzt er auf Mann, treibt die Begierden aufs Tier.
Wer sich seiner schämt der muß erst leiden, dem Heuchler
Streut er bittern Genuß unter Verbrechen und Not.
Aber auch sie die Göttin verfolgt ihn mit Augen und Ohren.
Sieht sie ihn einmal bei dir gleich ist sie feindlich gesinnt
Schröckt dich mit ernstem Blick, verachtenden Mienen und heftig
Strenge verruft sie das Haus das er gewöhnlich besucht.
Und so geht es auch mir schon leid ich ein wenig; die Göttin
Eifersüchtig sie forscht meinem Geheimnisse nach
Doch es ist ein altes Gesetz ich schweig und verehre,
Denn der Könige Zwist büßten die Griechen, wie ich.

XXII

Zieret Stärke den Mann und freies mutiges Wesen,
O so ziemet ihm fast tiefes Geheimnis noch mehr.
Städtebezwingerin du Verschwiegenheit Fürstin der Völker.
Teure Göttin die mich sicher durch's Leben geführt,
Welches Schicksal erfahr' ich! Es löset scherzend die Muse
Amor löset, der Schalk! mir den verschlossenen Mund.
Ach schon wird es so schwer der Könige Schande verbergen!
Weder die Krone bedeckt weder ein phrygischer Bund
Midas verlängertes Ohr, der nächste Diener entdeckt es
Und ihm ängstet und drückt gleich das Geheimnis die Brust.
In die Erde möcht er's vergraben um sich zu erleichtern
Doch die Erde verwahrt solche Geheimnisse nicht.
Rohre sprießen hervor und rauschen und lispeln im Winde
Midas! Midas, der Fürst, trägt ein verlängertes Ohr!
Schwerer wird es nun mir ein schönes Geheimnis zu wahren
Ach den Lippen entquillt Fülle des Herzens so leicht!
Keiner Freundin darf ichs vertrauen sie möchte mich schelten,
Keinem Freunde, vielleicht brächte der Freund mir Gefahr.
Mein Entzücken dem Hain dem schallenden Felsen zu sagen
Bin ich endlich nicht jung bin ich nicht einsam genug.
Dir Hexameter dir Pentameter sei es vertrauet
Wie sie des Tags mich erfreut wie sie des Nachts mich beglückt
Sie von vielen Männern gesucht vermeidet die Schlingen
Die ihr der Kühnere frech heimlich der Listige legt
Klug und zierlich schlüpft sie vorbei und kennet die Wege
Wo sie der Liebste gewiß lauschend begierig empfängt.
Zaudre Luna! sie kommt! daß sie der Nachbar nicht sehe.
Rausche Lüftchen durchs Laub niemand vernehme den Tritt.

Und ihr wachset und blüht geliebte Lieder und wieget
   Euch im leisesten Hauch lauer und liebender Luft.
Und wie jenes Rohr geschwätzig entdeckt den Quiriten
   Eines glücklichen Paars schönes Geheimnis zuletzt.
Und ihr, wachset und blüht, geliebte Lieder und wieget
   Euch im leisesten Hauch lauer und liebender Luft,
Und, wie jenes Rohr geschwätzig, entdeckt den Quiriten
   Eines glücklichen Paars schönes Geheimnis zuletzt.

⟨PRIAPEA⟩

I

Hier ist mein Garten bestellt, hier wart ich die Blumen der Liebe,
Wie sie die Muse gewählt weislich in Beete verteilt.
Früchte bringenden Zweig, die goldenen Früchte des Lebens,
Glücklich pflanzt ich sie an, warte mit Freuden sie nun.
Stehe du hier an der Seite Priap! ich habe von Dieben
Nichts zu fürchten und frei pflück und genieße wer mag
Nur bemerke die Heuchler, entnervte, verschämte Verbrecher,
Nahet sich einer und blinzt über den zierlichen Raum,
Ekelt an Früchten der reinen Natur, so straf ihn von hinten
Mit dem Pfahle der dir rot von den Hüften entspringt.

II

Hinten im Winkel des Gartens da stand ich der letzte der Götter
Rohgebildet, und schlimm hatte die Zeit mich verletzt.
Kürbisranken schmiegten sich auf am veralteten Stamme,
Und schon krachte das Glied unter den Lasten der Frucht.
Dürres Gereisig neben mir an, dem Winter gewidmet,
Den ich hasse, denn er schickt mir die Raben aufs Haupt
Schändlich mich zu besudeln; der Sommer sendet die Knechte
Die sich entladende frech zeigen das rohe Gesäß.
Unflat oben und unten! ich mußte fürchten ein Unflat
Selber zu werden, ein Schwamm, faules verlorenes Holz.
Nun, durch deine Bemühung o! redlicher Künstler gewinn ich
Unter Göttern den Platz der mir und andern gebührt.

Wer hat Jupiters Thron, den schlechterworbnen, befestigt?
 Farb und Elfenbein, Marmor und Erz und Gedicht.
Gern erblicken mich nun verständige Männer und denken
 Mag sich jeder so gern wie es der Künstler gedacht.
Nicht das Mädchen entsetzt sich vor mir, und nicht die Matrone,
 Häßlich bin ich nicht mehr, bin ungeheuer nur stark.
Dafür soll dir denn auch halbfußlang die prächtige Rute
 Strotzen vom Mittel herauf, wenn es die Liebste gebeut
Soll das Glied nicht ermüden, als bis ihr die Dutzend Figuren
 Durchgenossen wie sie künstlich Philänis erfand.

EPIGRAMME

VENEDIG 1990

1

Sarkophagen und Urnen verzierte der Heide mit Leben.
  Faunen tanzen umher, mit der Bacchantinnen Chor
Machen sie bunte Reihe; der ziegengefüßete Pausback
  Zwingt den heiseren Ton wild aus dem schmetternden Horn.
Cymbeltrommeln erklingen; wir sehn und hören den Marmor.
  Flatternde Vögel, wie schmeckt herrlich dem Schnabel die Frucht!
Euch verscheuchet kein Lärm, noch weniger scheucht er den Amor,
  Der in dem bunten Gewühl erst sich der Fackel erfreut.
So überwältiget Fülle den Tod; und die Asche da drinnen
  Scheint, im stillen Bezirk, noch sich des Lebens zu freun.
So umgebe denn spät den Sarkophagen des Dichters
  Diese Rolle, von ihm reichlich mit Leben geschmückt.

2

Kaum erblickt' ich die glänzende Sonn' an dem blaueren Himmel,
  Reich, vom Felsen herab, Epheu zu Kränzen geschmückt,
Sah den emsigen Winzer die Rebe der Pappel verbinden,
  Über die Wiege Virgils kam mir ein laulichter Wind:
Da gesellten die Musen sich gleich zum Freund; wir pflogen
  Abgeriss'nes Gespräch, wie es den Wanderer freut.

3

Immer halt' ich die Liebste begierig im Arme geschlossen,
　Immer drängt sich mein Herz fest an den Busen ihr an,
Immer lehnet mein Haupt an ihren Knieen; ich blicke
　Nach dem lieblichen Mund, ihr nach den Augen hinauf.
Weichling! schelte mich einer; und so verbringst du die Tage?
　Ach, ich verbringe sie schlimm! Höre nur, wie mir geschieht!
Leider, ich wende den Rücken der einzigen Freude des Lebens;
　Schon den zwanzigsten Tag schleppt mich der Wagen dahin.
Vetturine trotzen mir nun, es schmeichelt der Kämm'rer,
　Und der Bediente vom Platz sinnet auf Lügen und Trug.
Will ich ihnen entgehn, so faßt mich der Meister der Posten,
　(Postillone sind Herrn), dann die Dogane dazu!
»Ich verstehe dich nicht! du widersprichst dir! du schienest
　Paradiesisch zu ruhn, ganz, wie Rinaldo, beglückt.«
Ach! ich verstehe mich wohl: es ist mein Körper auf Reisen,
　Und es ruhet mein Geist stets der Geliebten im Schooß.

4

Das ist Italien, das ich verließ. Noch stäuben die Wege,
　Noch ist der Fremde geprellt, stellt' er sich, wie er auch will.
Deutsche Redlichkeit suchst du in allen Winkeln vergebens;
　Leben und Weben ist hier, aber nicht Ordnung und Zucht;
Jeder sorgt nur für sich, mißtraut dem andern, ist eitel,
　Und die Meister des Staats sorgen nur wieder für sich.
Schön ist das Land; doch, ach! Faustinen find' ich nicht wieder.
　Das ist Italien nicht mehr, das ich mit Schmerzen verließ.

5

Ruhig gelehnt in der Gondel, durchfuhr ich die Reihen der Schiffe,
Die in dem großen Kanal, viele berachtete, stehn.
Mancherlei Waare findest du da für manches Bedürfniß,
Weizen, Wein und Gemüs, Scheite wie leichtes Gesträuch.
Pfeilschnell drangen wir durch; da traf ein verlorener Lorbeer
Derb mir die Wangen. Ich rief: Daphne, verletzest du mich?
Lohn erwartet' ich eher! Die Nymphe lispelte lächelnd:
Dichter sünd'gen nicht schwer; leicht ist die Strafe. Nur zu!

6

Seh' ich den Pilgrim, so kann ich mich nie der Tränen enthalten.
O, wie beseliget uns Menschen ein falscher Begriff!

7

Eine Liebe hatt' ich, sie war mir lieber als alles;
Aber ich hab' sie nicht mehr! Schweig', und ertrag' den Verlust.

8

Diese Gondel vergleich' ich der sanft einschaukelnden Wiege,
Und das Kästchen darauf scheint ein geräumiger Sarg.
Recht so! Zwischen der Wieg' und dem Sarg wir schwanken und schweben,
Auf dem großen Kanal träumend ins Leben dahin.

9

Siehst du neben dem Doge den Nuncius feierlich gehen?
Sie begraben den Herrn, einer versiegelt den Stein.
Was der Doge sich denkt? ich weiß es nicht; aber der Andre
Lächelt über den Ernst dieses Gepränges gewiß.

10

Warum treibt sich das Volk so, und schreit? Es will sich ernähren,
Kinder zeugen, und die nähren, so gut es vermag.
Merke dir, Reisender, das, und tue zu Hause desgleichen;
Weiter bringt es kein Mensch, stell' er sich, wie er auch will.

11

Wie sie klingeln, die Pfaffen! Wie angelegen sie's machen,
Daß man komme, nur ja plappre, wie gestern so heut!
Scheltet mir nicht die Pfaffen; sie kennen des Menschen Bedürfniß:
Denn wie ist er beglückt, plappert er morgen wie heut!

12

Mache der Schwärmer sich Schüler, wie Sand am Meere; der Sand ist
Sand. Die Perle sei mein, du, o vernünftiger Freund.

13

Süß den sprossenden Klee mit weichlichen Füßen im Frühling,
Und die Wolle des Lamms tasten mit zärtlicher Hand;
Süß voll Blüten zu sehn die neulebendigen Zweige,
Dann das grünende Laub locken mit sehnendem Blick.
Aber süßer, mit Blumen dem Busen der Schäferin schmeicheln;
Ach! den gewohnten Genuß läßt mich entbehren der May.

14

Diesem Ambos vergleich' ich das Land, den Hammer dem Herrscher,
Und dem Volke das Blech, das in der Mitte sich krümmt.

Wehe dem armen Blech! wenn nur willkührliche Schläge
Ungewiß treffen, und nie fertig der Kessel erscheint.

15

Schüler macht sich der Schwärmer genug, und rühret die Menge,
Wenn der vernünftige Mann einzelne Liebende zählt.
Wundertätige Bilder sind meist nur schlechte Gemählde;
Werke des Geists und der Kunst sind für den Pöbel nicht da.

16

Herrscher möge der sein, der seinen Vorteil verstehet;
Doch wir wählten uns den, der sich auf unsern versteht.

17

Not lehrt beten, sagt man; wer beten will lernen, der gehe
Nach Italien! Not findet der Fremde gewiß.

18

Welch ein heftig Gedränge nach diesem Laden! wie emsig
Wägt man, empfängt man das Geld, reicht man die Waare dahin!
Schnupftoback wird hier verkauft. Das heißt sich selber erkennen!
Nieswurz holt sich das Volk, ohne Verordnung und Arzt.

19

Jeder Edle Venedigs kann Doge werden, das macht ihn
Gleich als Knabe so fein, eigen, bedächtig und stolz.
Darum sind die Oblaten so zart im katholischen Welschland;
Denn aus demselbigen Teig weihet der Priester den Gott.

20

Ruhig am Arsenal stehn zwei altgriechische Löwen,
Klein wird neben dem Paar Pforte, wie Turm und Kanal.
Käme die Mutter der Götter herab, es schmiegten sich beide
Vor den Wagen, und sie freute sich ihres Gespanns.
Aber nun ruhen sie traurig; der neue geflügelte Kater
Schnurrt überall, und ihn nennet Venedig Patron.

21

Emsig wallet der Pilger! und wird er den Heiligen finden?
Hören und sehen den Mann, welcher die Wunder getan?
Nein, es führte die Zeit ihn hinweg; du findest nur Reste,
Seinen Schedel, ein Paar seiner Gebeine verwahrt.
Wir sind alle Pilger, die wir Italien suchen;
Nur ein zerstreutes Gebein ehren wir gläubig und froh.

22

Jupiter Pluvius, heut erscheinst du ein freundlicher Dämon;
Vielfach ist das Geschenk dieses Momentes fürwahr:
Gibst Venedig zu trinken, dem Lande grünendes Wachstum;
Manches kleine Gedicht gibst du dem Büchelchen hier.

23

Gieße nur, tränke nur fort die rot bemäntelten Frösche,
Wäss're das durstende Land, daß es uns Broccoli schickt.
Nur durchwäss're dieß Büchlein mir nicht; es sei mir ein Fläschchen
Reinen Arraks, und Punsch mache sich jeder nach Lust.

24

Sankt Johannes im Kot heißt jene Kirche; Venedig
Nenn' ich mit doppeltem Recht heute Sankt Markus im Kot.

25

Hast du Bajä gesehn, so kennst du das Meer und die Fische.
Hier ist Venedig; du kennst nun auch den Pfuhl und den Frosch.

26

Schläfst du noch immer? Nur still, und laß mich ruhen; erwach' ich,
Nun, was soll ich denn hier? Breit ist das Bette, doch leer.
Ist überall ja doch Sardinien, wo man allein schläft;
Tibur, Freund, überall, wo dich die Liebliche weckt.

27

Alle Neun, sie winkten mir oft, ich meine die Musen;
Doch ich achtet' es nicht, hatte das Mädchen im Schooß.
Nun verließ ich mein Liebchen; mich haben die Musen verlassen,
Und ich schielte, verwirrt, suchte nach Messer und Strick.
Doch von Göttern ist voll der Olymp; du kamst mich zu retten,
Langeweile! du bist Mutter der Musen gegrüßt.

28

An dem Meere ging ich, und suchte mir Muscheln. In einer
Fand ich Perlchen; es bleibt nun mir am Herzen verwahrt.

29

Vieles hab' ich versucht, gezeichnet, in Kupfer gestochen,
Öl gemahlt, in Ton hab' ich auch manches gedruckt,
Aber unbeständig, und nichts gelernt noch geleistet;
Nur der Meisterschaft nah bracht' ich ein einzig Talent:
Deutsch zu schreiben. Und so verderb', unglücklicher Dichter,
Ich im schlechtesten Stoff leider nun Leben und Kunst.

30

Schöne Kinder tragt ihr, und steht mit verdeckten Gesichtern,
Bettelt: das heißt, mit Macht reden ans männliche Herz.
Jeder wünscht sich ein Knäbchen, wie ihr das dürftige zeiget,
Und ein Liebchen, wie man's unter dem Schleier sich denkt.

31

Das ist dein eigenes Kind nicht, worauf du bettelst, und rührst mich;
O, wie rührt mich erst die, die mir mein eigenes bringt!

32

Warum leckst du dein Mäulchen, indem du mir eilig begegnest?
Wohl, dein Züngelchen sagt mir, wie gesprächig es sei.

33

Alle Künste lernt und treibt der Deutsche; zu jeder
Zeigt er ein schönes Talent, wenn er sie ernstlich ergreift.
Eine Kunst nur treibt er, und will sie nicht lernen, die Dichtkunst.
Darum pfuscht er auch so; Freunde, wir haben's erlebt.

34 a)

Oft erklärtet ihr euch als Freunde des Dichters, ihr Götter.
Gebt ihm auch, was er bedarf! Mäßiges braucht er doch viel:
Erstlich freundliche Wohnung, dann leidlich zu essen, zu trinken
Gut: der Deutsche versteht sich auf den Nektar, wie ihr.
Dann geziemende Kleidung und Freunde, vertraulich zu schwatzen;
Dann ein Liebchen des Nachts, das ihn von Herzen begehrt.
Diese fünf natürlichen Dinge verlang' ich vor allen.
Gebet mir ferner dazu Sprachen, die alten und neu'n,
Daß ich der Völker Gewerb' und ihre Geschichten vernehme;
Gebt mir ein reines Gefühl, was sie in Künsten getan.
Ansehn gebt mir im Volke, verschafft bei Mächtigen Einfluß,
Oder was sonst noch bequem unter den Menschen erscheint;
Gut – schon dank' ich euch, Götter; ihr habt den glücklichsten Menschen
Ehstens fertig: denn ihr gönntet das meiste mir schon.

34 b)

Klein ist unter den Fürsten Germaniens freilich der meine,
Kurz und schmal ist sein Land, mäßig nur, was er vermag.
Aber so wende nach innen, so wende nach außen die Kräfte
Jeder; da wär' es ein Fest Deutscher mit Deutschen zu sein.
Doch was preisest du ihn, den Taten und Werke verkünden?
Und bestochen erschien deine Verehrung vielleicht;
Denn mir hat er gegeben, was Große selten gewähren,
Neigung, Muße, Vertraun, Felder und Garten und Haus.
Niemand braucht' ich zu danken als ihm, und manches bedurft' ich,
Der ich mich auf den Erwerb schlecht als ein Dichter verstand.

Hat mich Europa gelobt, was hat mir Europa gegeben?
Nichts! Ich habe, wie schwer! meine Gedichte bezahlt.
Deutschland ahmte mich nach, und Frankreich mochte mich lesen.
England! freundlich empfingst du den zerrütteten Gast.
Doch was fördert es mich, daß auch sogar der Chinese
Mahlet, mit ängstlicher Hand, Werthern und Lotten auf Glas?
Niemals frug ein Kaiser nach mir, es hat sich kein König
Um mich bekümmert, und er war mir August und Mäzen.

35

Eines Menschen Leben, was ist's? Doch Tausende können
Reden über den Mann, was er und wie er's getan.
Weniger ist ein Gedicht; doch können es Tausend genießen,
Tausende tadeln. Mein Freund, lebe nur, dichte nur fort.

36

Müde war ich geworden, nur immer Gemählde zu sehen,
Herrliche Schätze der Kunst, wie sie Venedig bewahrt.
Denn auch dieser Genuß verlangt Erholung und Muße;
Nach lebendigem Reiz suchte mein schmachtender Blick.
Gauklerin! da ersah ich in dir zu den Bübchen das Urbild,
Wie sie Johannes Bellin reizend mit Flügeln gemahlt,
Wie sie Paul Veronese mit Bechern dem Bräutigam sendet,
Dessen Gäste, getäuscht, Wasser genießen für Wein.

37

Wie, von der künstlichen Hand geschnitzt das liebe Figürchen,
Weich und ohne Gebein, wie die Moluska nur schwimmt!
Alles ist Glied und alles Gelenk, und alles gefällig,
Alles nach Maßen gebaut, alles nach Willkühr bewegt.

Menschen und Tiere hab' ich gekannt, so Vögel als Fische,
Manches besondre Gewürm, Wunder der großen Natur;
Und doch staun' ich dich an, Bettine, liebliches Wunder,
Die du alles zugleich bist, und ein Engel dazu.

38

Kehre nicht, liebliches Kind, die Beinchen hinauf zu dem Himmel;
Jupiter sieht dich, der Schalk, und Ganymed ist besorgt.

39

Wende die Füßchen zum Himmel nur ohne Sorge! Wir strecken
Arme betend empor; aber nicht schuldlos, wie du.

40

Seitwärts neigt sich dein Hälschen. Ist das ein Wunder? Es träget
Oft dich Ganze; du bist leicht, nur dem Hälschen zu schwer.
Mir ist sie gar nicht zuwider die schiefe Stellung des Köpfchens;
Unter schönerer Last beugte kein Nacken sich je.

41

So verwirret mit dumpf willkürlich verwebten Gestalten,
Höllisch und trübe gesinnt, Breughel den schwankenden Blick;
So zerrüttet auch Dürer mit apokalyptischen Bildern,
Menschen und Grillen zugleich, unser gesundes Gehirn;
So erreget ein Dichter, von Sphinxen, Sirenen, Centauren
Singend, mit Macht Neugier in dem verwunderten Ohr;
So beweget ein Traum den Sorglichen wenn er zu greifen,
Vorwärts glaubet zu gehn, alles veränderlich schwebt.
So verwirrt uns Bettine, die holden Glieder verwechselnd;
Doch erfreut sie uns gleich, wenn sie die Sohlen betritt.

42

Gern überschreit' ich die Grenze, mit breiter Kreide gezogen.
Macht sie Bottegha, das Kind, drängt sie mich artig zurück.

43

»Ach! mit diesen Seelen, was macht er? Jesus Maria!
Bündelchen Wäsche sind das, wie man zum Brunnen sie trägt.
Wahrlich, sie fällt! Ich halt' es nicht aus! Komm, gehn wir! Wie zierlich!
Sieh nur, wie steht sie! wie leicht! Alles mit Lächeln und Lust!«
Altes Weib, du bewunderst mit Recht Bettinen; du scheinst mir
Jünger zu werden und schön, da dich mein Liebling erfreut.

44

Alles seh' ich so gerne von dir; doch seh' ich am liebsten,
Wenn der Vater behend über dich selber dich wirft,
Du dich im Schwung überschlägst und, nach dem tödlichen Sprunge,
Wieder stehest und läufst, eben ob nichts wär' geschehn.

45

Schon entrunzelt sich jedes Gesicht; die Furchen der Mühe,
Armut und Sorge, sie fliehn. Glückliche glaubt man zu sehn.
Dir erweicht sich der Schiffer, und klopft dir die Wange; der Seckel
Tut sich kärglich dir zwar, aber er tut sich doch auf,
Und der Bewohner Venedigs entfaltet den Mantel, und reicht dir,
Eben als flehtest du laut bei den Mirakeln Antons,
Bei des Herrn fünf Wunden, dem Herzen der seligsten Jungfrau,
Bei der feurigen Qual, welche die Seele durchfegt.
Jeder kleine Knabe, der Schiffer, der Höke, der Bettler
Drängt sich, und freut sich bei dir, daß er ein Kind ist, wie du.

46

Dichten ist ein lustiges Handwerk; nur find' ich es teuer:
   Wie dieß Büchlein mir wächst, gehn die Zechinen mir fort.

47

»Welch ein Wahnsinn ergriff dich Müßigen? Hältst du nicht inne?
   Wird dies Mädchen ein Buch? Stimme was Klügeres an!«
Wartet, ich singe die Könige bald, die Großen der Erde,
   Wenn ich ihr Handwerk einst besser begreife, wie jetzt.
Doch Bettinen sing' ich indeß; denn Gaukler und Dichter
   Sind gar nahe verwandt, suchen und finden sich gern.

48

Böcke, zur Linken mit euch! so ordnet künftig der Richter;
   Und ihr Schäfchen, ihr sollt ruhig zur Rechten mir stehn!
Wohl! Doch eines ist noch von ihm zu hoffen; dann sagt er:
   Seid, Vernünftige, mir grad' gegenüber gestellt.

49

Wißt ihr, wie ich gewiß euch, Epigramme, zu Schaaren
   Fertige? Führet mich nur weit von der Liebsten hinweg.

50

Alle Freiheits-Apostel, sie waren mir immer zuwider;
   Willkühr suchte doch nur jeder am Ende für sich.
Willst du viele befrein, so wag' es, vielen zu dienen!
   Wie gefährlich das sei; willst du es wissen? versuch's.

51

Könige wollen das Gute, die Demagogen desgleichen,
Sagt man; doch irren sie sich; Menschen, ach! sind sie, wie wir.
Nie gelingt es der Menge, für sich zu wollen; wir wissen's;
Doch wer verstehet für uns Alle zu wollen? Er zeig's.

52

Jeglichen Schwärmer schlagt mir an's Kreuz im dreißigsten Jahre;
Kennt er nur einmal die Welt, wird der Betrogne der Schelm.

53

Frankreichs traurig Geschick, es mögen's Große bedenken;
Aber bedenken fürwahr sollen es Kleine noch mehr.
Große gingen zu Grunde: wer aber schützte die Menge
Gegen die Menge? Da war Menge der Menge Tyrann.

54

Tolle Zeiten hab' ich erlebt, und hab' nicht ermangelt
Selbst auch töricht zu sein, wie es die Zeit mir gebot.

55

Sage, tun wir nicht recht? Wir müssen den Pöbel betrügen.
Sieh nur, wie ungeschickt, sieh nur, wie wild er sich zeigt!
Ungeschickt und wild sind alle rohen Betrognen;
Seid nur redlich, und so führt ihn zum Menschlichen an.

56

Fürsten prägen so oft auf kaum versilbertes Kupfer
Ihr bedeutendes Bild; lange betrügt sich das Volk.
Schwärmer prägen den Stempel des Geists auf Lügen und Unsinn;
Wem der Probierstein fehlt, hät sie für redliches Gold.

57

Jene Menschen sind toll, so sagt ihr von heftigen Sprechern,
  Die wir in Frankreich laut hören auf Straßen und Markt.
Auch mir scheinen sie toll; doch redet ein Toller in Freiheit
  Weise Sprüche, wenn, ach! Weisheit im Sklaven verstummt.

58

Lange haben die Großen der Franzen Sprache gesprochen,
  Halb nur geachtet den Mann, dem sie vom Munde nicht floß.
Nun lallt alles Volk entzückt die Sprache der Franken.
  Zürnet, Mächtige, nicht! was ihr verlanget, geschieht.

59

»Epigramme, seid nicht so frech!« Warum nicht? Wir sind nur
  Überschriften; die Welt hat die Kapitel des Buchs.

60

Wie dem hohen Apostel ein Tuch voll Tiere gezeigt war,
  Rein und unrein, zeigt, Lieber, das Büchlein sich dir.

61

Ob ein Epigramm wohl gut sei? Kannst du's entscheiden?
  Weiß man doch eben nicht stets, was er sich dachte, der Schalk.

62

Je gemeiner es ist, je näher dem Neide der Mißgunst;
  Desto eher begreifst du das Gedichtchen gewiß.

63

Chloe schwöret, sie liebt mich; ich glaub's nicht.
Aber sie liebt dich!
Sagt mir ein Kenner. Schon gut; glaubt' ich's,
da wär' es vorbei.

64

Niemand liebst du, und mich, Philarchos, liebst du so heftig.
Ist denn kein anderer Weg mich zu bezwingen, als der?

65

Ist's denn so großes Geheimniß, was Gott und der Mensch
und die Welt sei?
Nein! Doch niemand hört's gerne; da bleibt es geheim.

66

Vieles kann ich ertragen. Die meisten beschwerlichen Dinge
Duld' ich mit ruhigem Mut, wie ein Gott mir gebeut.
Wenige sind mir jedoch wie Gift und Schlange zuwider;
Viere: Rauch des Tobacks, Wanzen und Knoblauch und †

67

Lange hätt' ich euch gern von jenen Tierchen gesprochen,
Die so zierlich und schnell fahren dahin und daher.
Schlängelchen scheinen sie gleich, doch viergefüßet; sie laufen,
Kriechen und schleichen, und leicht schleppen
das Schwänzchen sie nach.
Seht, hier sind sie! und hier! Nun sind sie verschwunden!
Wo sind sie?
Welch Ritze, welch Kraut nahm die Entfliehenden auf?

Wollt ihr mir's künftig erlauben, so nenn' ich die Tierchen Lazerten;
Denn ich brauche sie noch oft als gefälliges Bild.

68

Wer Lazerten gesehen, der kann sich die zierlichen Mädchen
Denken, die über den Platz fahren dahin und daher.
Schnell und beweglich sind sie, und gleiten stehen und schwatzen,
Und es rauscht das Gewand hinter den Eilenden drein.
Sieh, hier ist sie! und hier! verlierst du sie einmal, so suchst du
Sie vergebens; so bald kommt sie nicht wieder hervor.
Wenn du aber die Winkel, die Gäßchen und Treppchen nicht scheuest,
Folg' ihr, wie sie dich lockt, in die Spelunke hinein.

69

Was Spelunke nun sei, verlangt ihr zu wissen? Da wird ja
Fast zum Lexikon dies epigrammatische Buch.
Dunkle Häuser sind's in engen Gäßchen; zum Kaffee
Führt dich die Schöne, und sie zeigt sich geschäftig, nicht du.

70

Zwei der feinsten Lazerten, sie hielten sich immer zusammen;
Eine beinahe zu groß, eine beinahe zu klein.
Siehst du beide zusammen, so wird die Wahl dir unmöglich;
Jede besonders, sie schien einzig die Schönste zu sein.

71

Heilige Leute, sagt man, sie wollten besonders dem Sünder
Und der Sünderin wohl. Geht's mir doch eben auch so.

72

Wär' ich ein häusliches Weib, und hätte was ich bedürfte,
Treu sein wollt' ich und froh, herzen und küssen den Mann.
So sang, unter andern gemeinen Liedern, ein Dirnchen
Mir in Venedig, und nie hört' ich ein frömmer Gebet.

73

Wundern kann es mich nicht, daß Menschen die Hunde so lieben;
Denn ein erbärmlicher Schuft ist, wie der Mensch, so der Hund.

74

Frech wohl bin ich geworden; es ist kein Wunder. Ihr Götter
Wißt, und wißt nicht allein, daß ich auch fromm bin und treu.

75

Hast du nicht gute Gesellschaft gesehen? Es zeigt uns dein Büchlein
Fast nur Gaukler und Volk, ja was noch niedriger ist.
Gute Gesellschaft hab' ich gesehen; man nennt sie die gute,
Wenn sie zum kleinsten Gedicht keine Gelegenheit gibt.

76

Was mit mir das Schicksal gewollt? Es wäre verwegen,
Das zu fragen; denn meist will es mit vielen nicht viel.
Einen Dichter zu bilden, die Absicht wär' ihm gelungen,
Hätten die Sprache sich nicht unüberwindlich gezeigt.

77

Mit Botanik gibst du dich ab? mit Optik? Was tust du?
Ist es nicht schönrer Gewinn, rühren ein zärtliches Herz?

Ach, die zärtlichen Herzen! ein Pfuscher vermag sie zu rühren;
Sei es mein einziges Glück dich zu berühren, Natur!

78

Weiß hat Newton gemacht aus allen Farben. Gar manches
Hat er euch weis gemacht, das ihr ein Sekulum glaubt.

79

»Alles erkläret sich wohl, so sagt mir ein Schüler, aus jenen
Theorien, die uns weislich der Meister gelehrt.«
Habt ihr einmal das Kreuz von Holze tüchtig gezimmert,
Paßt ein lebendiger Leib freilich zur Strafe daran.

80

Wenn auf beschwerlichen Reisen ein Jüngling zur Liebsten sich windet,
Hab' er dieß Büchlein; es ist reizend und tröstlich zugleich.
Und erwartet dereinst ein Mädchen den Liebsten, sie halte
Dieses Büchlein, und nur, kommt er, so werfe sie's weg.

81

Wie die Winke des Mädchens, das keine Zeit hat, und eilig
Im Vorbeigehn nur freundlich mir streifet den Arm,
So vergönnt, ihr Musen, dem Reisenden kleine Gedichte:
O behaltet dem Freund größere Gunst noch bevor!

82

Wenn in Dunst und Wolken verhüllt, die Sonne nur trübe
Stunden sendet; wie still wandeln die Pfade wir fort!

Dränget der Regen den Wandrer; wie ist uns
des ländlichen Daches
Schirm willkommen! Wie sanft ruht sich's
in stürmischer Nacht!

83

Willst du mit reinem Gefühl der Liebe Freuden genießen,
O, laß Frechheit und Ernst ferne vom Herzen dir sein.
Die will Amorn verjagen, und *der* gedenkt ihn zu fesseln;
Beiden das Gegenteil lächelt der schelmische Gott.

84

Göttlicher Morpheus, umsonst bewegst du die lieblichen Mohne;
Bleibt das Auge doch wach, wenn mir es Amor nicht schließt.

85

Liebe flößest du ein, und Begier; ich fühl' es, und brenne.
Liebenswürdige, nun flöße Vertrauen mir ein.

86

Ha! ich kenne dich, Amor, so gut als einer! Da bringst du
Deine Fackel, und sie leuchtet im Dunkel uns vor.
Aber du führst uns bald verworrnde Pfade; wir brauchten
Deine Fackel erst recht, ach! und die Falsche erlischt.

87

Eine einzige Nacht an deinem Herzen! – das andre
Gibt sich. Es trennet uns noch Amor in Nebel und Nacht.
Ja, ich erlebe den Morgen, an dem Aurora die Freunde
Busen an Busen belauscht, Phöbus, der Frühe, sie weckt.

88

Ist es Ernst, so zaudre nun länger nicht; mache mich glücklich!
Wolltest du scherzen? Es sei, Liebchen, des Scherzes genug.

89

Daß ich schweige, verdrießt dich? Was soll ich reden? Du merkest
Auf der Seufzer, des Blicks leise Beredsamkeit nicht.
Eine Göttin vermag der Lippe Siegel zu lösen;
Nur Aurora, sie weckt einst dir am Busen mich auf.
Ja, dann töne mein Hymnus den frühen Göttern entgegen,
Wie das Memnonische Bild lieblich Geheimnisse sang.

90

Welch ein lustiges Spiel! Es windet am Faden die Scheibe,
Die von der Hand entfloh, eilig sich wieder herauf!
Seht, so schein ich mein Herz bald dieser Schönen bald jener
Zuzuwerfen, doch gleich kehrt es im Fluge zurück.

91

O, wie achtet' ich sonst auf alle Zeiten des Jahres;
Grüßte den kommenden Lenz, sehnte dem Herbst mich nach!
Aber nun ist nicht Sommer noch Winter seit mich Beglückten
Amors Fittig bedeckt, ewiger Frühling umschwebt.

92

Sage, wie lebst du? Ich lebe! und wären hundert und hundert
Jahre dem Menschen gegönnt, wünscht' ich mir morgen, wie heut.

93

Götter, wie soll ich euch danken! Ihr habt mir alles gegeben,
Was der Mensch sich erfleht; nur in der Regel fast nichts.

94

In der Dämmrung des Morgens den höchsten Gipfel erklimmen,
Frühe den Boten des Tags grüßen, dich freundlichen Stern,
Ungeduldig die Blicke der Himmelsfürstin erwarten,
Wonne des Jünglings, wie oft locktest du Nachts mich heraus!
Nun erscheint ihr mir, Boten des Tags, ihr himmlischen Augen
Meiner Geliebten, und stets kommt mir die Sonne zu früh.

95

Du erstaunest, und zeigst mir das Meer; es scheinet zu brennen.
Wie bewegt sich die Flut flammend um's nächtliche Schiff!
Mich verwundert es nicht; das Meer gebar Aphroditen,
Und entsprang nicht aus ihr uns eine Flamme, der Sohn?

96

Glänzen sah ich das Meer, und blinken die liebliche Welle;
Frisch mit günstigem Wind zogen die Segel dahin.
Keine Sehnsucht fühlte mein Herz; es wendete rückwärts,
Nach dem Schnee des Gebirgs, bald sich der schmachtende Blick.
Südwärts liegen der Schätze, wie viel! Doch einer im Norden
Zieht, ein großer Magnet, unwiderstehlich zurück.

97

Ach! mein Mädchen verreis't! Sie steigt zu Schiffe! – Mein König,
Aeolus! mächtigster Fürst! halte die Stürme zurück!

Törichter! ruft mir der Gott: befürchte nicht wütende Stürme;
Fürchte den Hauch, wenn sanft Amor die Flügel bewegt!

98

Arm und kleiderlos war das Mädchen, als ich's geworben;
Damals gefiel sie mir nackt, wie sie mir jetzt noch gefällt.

99

Oftmals hab' ich geirrt, und habe mich wieder gefunden,
Aber glücklicher nie; nun ist dies Mädchen mein Glück!
Ist auch das ein Irrtum, so schont mich, ihr klügeren Götter,
Und benehmt mir ihn erst drüben am kalten Gestad.

100

Traurig, Midas, war dein Geschick; in bebenden Händen
Fühltest du, hungriger Greis, schwere verwandelte Kost.
Lustiger geht mir's in ähnlichem Fall; denn was ich berühre,
Wird mir unter der Hand gleich ein behendes Gedicht.
Holde Musen, ich sträube mich nicht; nur daß ihr mein Liebchen,
Drück ich es fest an die Brust, nicht mir zum Mährchen verkehrt!

101

Ach, mein Hals ist ein wenig geschwollen! so sagte die Beste
Ängstlich. – Stille, mein Kind! still! und vernimm das Wort:
Dich hat die Hand der Venus berührt; sie deutet dir leise,
Daß sie das Körperchen bald, ach! unaufhaltsam verstellt.
Bald verdirbt sie die schlanke Gestalt, die zierlichen Brüstchen.
Alles schwillt nun; es paßt nirgends das neuste Gewand.
Sei nur ruhig! Es deutet die fallende Blüte dem Gärtner,
Daß die liebliche Frucht schwellend im Herbste gedeiht.

102

Wonniglich ist's, die Geliebte verlangend im Arme zu halten,
   Wenn ihr klopfendes Herz Liebe zuerst dir gesteht.
Wonniglicher, das Pochen des Neulebendigen fühlen,
   Das in dem lieblichen Schooß immer sich nährend bewegt.
Schon versucht es die Sprünge der raschen Jugend; es klopfet
   Ungeduldig schon an, sehnt sich nach himmlischem Licht.
Harre noch wenige Tage! Auf allen Pfaden des Lebens
   Führen die Horen dich streng, wie es das Schicksal gebeut.
Widerfahre dir, was dir auch will, du wachsender Liebling –
   Liebe bildete dich; werde dir Liebe zu Teil!

103

Und so tändelt' ich mir, von allen Freuden geschieden,
   In der neptunischen Stadt Tage wie Stunden hinweg.
Alles, was ich erfuhr, ich würzt' es mit süßer Erinn'rung,
   Würzt' es mit Hoffnung; sie sind lieblichste Würzen der Welt.

NACHGELASSENE VENEZIANISCHE EPIGRAMME

1

Sauber hast du dein Volk erlöst durch Wunder und Leiden
Nazarener! Wohin soll es dein Häufchen, wohin?
Leben sollen sie doch und Kinder zeugen doch christlich,
Leider dem früheren Reiz dienet die schädliche Hand.
Will der Jüngling dem Übel entgehn, sich selbst nicht verderben,
Bringet Lais ihm nur brennende Qualen für Lust.
Komm noch einmal herab du Gott der Schöpfung und leide,
Komm, erlöse dein Volk von dem gedoppelten Weh!
Tu ein Wunder und rein'ge die Quellen der Freud und des Lebens
Paulus will ich dir sein, Stephanus wie du's gebeutst.

2

Heraus mit dem Teile des Herrn! heraus mit dem Teile des Gottes!
Rief ein unglücklich Geschöpf blind für hysterischer Wut,
Als, die heiligen Reste Gründonnerstag Abends zu zeigen,
In Sanct Markus ein Schelm über der Bühne sich wies.
Armes Mädchen was soll dir ein Teil des gekreuzigten Gottes?
Rufe den heilsamern Teil jenes von Lampsacus her.

3

Wundern kann es mich nicht daß unser Herr Christus mit ...
Gern und mit Sündern gelebt, gehts mir doch eben auch so.

4

»Warum willst du den Christen des Glaubens selige Wonne
Grausam rauben?« Nicht ich, niemand vermag es zu tun.
Steht doch deutlich geschrieben: die Heiden toben vergeblich.
Seht, ich erfülle die Schrift, lest und erbaut euch an mir.

5

Krebse mit nacktem Hintern, die leere Muscheln sich suchten,
Sie bewohnen und sie wähnen ihr eigenes Haus,
Sind mir seltne Geschöpfe, sie sind so klug als bedürftig;
Manches kam mir in Sinn, als ich am Ufer sie sah.
Christ und Mensch ist eins! Sagt Lavater! Richtig! Die Christen
Decken die nackende Scham weislich mit Menschenvernunft.

6

Dich betrügt der Staatsmann, der Pfaffe, der Lehrer der Sitten,
Und dies Kleeblatt wie tief betest du Pöbel es an.
Leider läßt sich noch kaum was rechtes denken und sagen
Das nicht grimmig den Staat, Götter und Sitten verletzt.

7

Was auch Helden getan, was Kluge gelehrt, es verachtet's
Wähnender christlicher Stolz neben den Wundern des Herrn.
Und doch schmückt er sich selbst und seinen nackten Erlöser
Mit dem besten heraus was uns der Heide verließ.
So versammelt der Pfaffe die edlen leuchtenden Kerzen
Um das gestempelte Brot das er zum Gott sich geweiht.

8

Viele folgten dir gläubig und haben des irdischen Lebens
Rechte Wege verfehlt, wie es dir selber erging.
Folgen mag ich dir nicht; ich möchte dem Ende der Tage
Als ein vernünftiger Mann, als ein vergnügter mich nahn.
Heute gehorch ich dir doch und wähle den Pfad ins Gebirge,
Diesmal schwärmst du wohl nicht, König der Juden leb wohl.

9

Offen steht das Grab! Welch herrlich Wunder! Der Herr ist
Auferstanden! – Wer's glaubt! Schelmen, ihr trugt ihn ja weg.

10

Was vom Christentum gilt, gilt von den Stoikern, freien
Menschen geziemet es nicht Christ oder Stoiker sein.

11

Juden und Heiden hinaus! so duldet der christliche Schwärmer.
Christ und Heide verflucht! murmelt ein jüdischer Bart.
Mit den Christen an Spieß und mit den Juden ins Feuer!
Singet ein türkisches Kind Christen und Juden zum Spott.
Welcher ist der klügste? Entscheide! Aber sind diese
Narren in deinem Palast, Gottheit, so geh ich vorbei.

12

Höllengespenster seid ihr und keine Christen ihr Schreier
Die ihr den lieblichen Schlaf mir von den Augen verscheucht.
Warum macht der Pfaffe soviele tausend Gebärden
Und verscheuchet euch nicht wieder zur Hölle zurück?

13

Wenn ein verständiger Koch ein artig Gastmahl bereitet,
Mischt er unter die Kost vieles und vieles zugleich.
So genießet auch ihr dies Büchlein und kaum unterscheidet
Alles ihr was ihr genießt. Nun es bekomm euch nur wohl.

14

Sagt, wem geb' ich dies Büchlein? Der Fürstin die mirs gegeben,
Die uns Italien noch jetzt in Germanien schafft.

15

Wie der Mensch das Pfuschen so liebt! Fast glaub ich dem Mythus,
Der mir erzählet ich sei selbst ein verpfuschtes Geschöpf.

16

Unglückselige Frösche die ihr Venedig bewohnet!
Springt ihr zum Wasser heraus, springt ihr auf hartes Gestein.

17

Einen zierlichen Käfig erblickt ich, hinter dem Gitter
Regten sich emsig und rasch Mädchen des süßen Gesangs.
Mädchen wissen sonst nur uns zu ermüden, Venedig
Heil dir daß du sie auch uns zu erquicken ernährst.

18

Alle Weiber sind Ware, mehr oder weniger kostet
Sie den begierigen Mann der sich zum Handel entschließt.
Glücklich ist die Beständige die den Beständigen findet,
Einmal nur sich verkauft und auch nur einmal gekauft wird.

19

Hat dich Hymen geflohn? Hast du ihn gemieden? – Was sag ich?
  Hymen! köstlich ist er, aber zu ernsthaft für mich.
Aus dem Ehbett darf man nicht schwätzen und Dichter sind schwatzhaft.
  Freie Liebe sie läßt frei uns die Zunge, den Mut.

20

Vier gefällige Kinder hast du zum Gaukeln erzogen
  Alter Gaukler und schickst nun sie zum Sammlen umher.
Meine Güter trag ich bei mir! so sagte der Weise,
  Meine Güter, sagst du, hab ich mir selber gemacht.

21

Amerikanerin nennst du das Töchterchen alter Phantaste,
  Glücklicher! hast du sie nicht hier in Europa gemacht?

22

Ich empfehle mich euch! Seid wacker, sagst du und reichest
  Mir das Tellerchen dar, lächelst und dankest gar schön.
Ach empfohlen bist du genug und wärst du nur älter,
  Wacker wollten wir sein, wach bis zum Krähen des Hahns.

23

Zürnet nicht ihr Frauen daß wir das Mädchen bewundern:
  Ihr genießet des Nachts was sie am Abend erregt.

24

Was ich am meisten besorge: Bettina wird immer geschickter,
  Immer beweglicher wird jegliches Gliedchen an ihr;

Endlich bringt sie das Züngelchen noch ins zierliche F ...
   Spielt mit dem artigen Selbst, achtet die Männer nicht viel.

25

Auszuspannen befiehlt der Vater die zierlichen Schenkel,
   Kindisch der liebliche Teil ... ⟨unleserlich⟩ den Teppich herab.
Ach wer einst zuerst dich liebet, er findet die Blüte
   Schon verschwunden, sie nahm frühe das Handwerk hinweg.

26

Café wollen wir trinken mein Fremder! – da meint sie branlieren;
   Hab ich doch, Freunde, mit Recht immer den Café gehaßt.

27

Seid ihr ein Fremder, mein Herr? bewohnt ihr Venedig? so fragten
   Zwei Lazerten die mich in die Spelunke gelockt.
Ratet! – Ihr seid ein Franzos! ein Napolitaner! Sie schwatzten
   Hin und wieder und schnell schlürften sie Kaffee hinein.
Tun wir etwas! Sagte die Schönste, sie setzte die Tasse
   Nieder, ich fühlte sogleich ihre geschäftige Hand.
Sacht ergriff ich und hielte sie fest; da streckte die zweite
   Zierliche Fingerchen aus und ich verwehrt es auch ihr.
Ach! es ist ein Fremder! so riefen sie beide; sie scherzten
   Baten Geschenke sich aus, die ich doch sparsam verlieh.
Drauf bezeichneten sie mir die entferntere Wohnung
   Und zu dem wärmeren Spiel spätere Stunden der Nacht.
Kannten diese Geschöpfe sogleich den Fremden am Weigern,
   O so wißt ihr warum blaß der Venetier schleicht.

28

Gib mir statt »Der Sch« ein ander Wort o Priapus
Denn ich Deutscher ich bin übel als Dichter geplagt.
Griechisch nennt ich dich fallow, das klänge doch prächtig den Ohren,
Und lateinisch ist auch Mentula leidlich ein Wort.
Mentula käme von Mens, der Sch ist etwas von hinten,
Und nach hinten war mir niemals ein froher Genuß.

29

Camper der jüngere trug in Rom die Lehre des Vaters
Von den Tieren uns vor wie die Natur sie erschuf,
Bäuche nahm und gab, dann Hälse, Pfoten und Schwänze.
Alles gebrochenes Deutsch so wie geerbter Begriff.
Endlich sagt' er: »Vierfüßiges Tier wir haben's vollendet
Und es bleibet uns nur, Freunde, das Vöglen zurück!«
Armer Camper du hast ihn gebüßt den Irrtum der Sprache,
Denn acht Tage darnach lagst du und schlucktest Merkur.

30

Knaben liebt ich wohl auch, doch lieber sind mir die Mädchen,
Hab ich als Mädchen sie satt, dient sie als Knabe mir noch.

31

Köstliche Ringe besitz ich! Gegrabne fürtreffliche Steine
Hoher Gedanken und Styls fasset ein lauteres Gold.
Teurer bezahlt man die Ringe geschmückt mit feurigen Steinen,
Blinken hast du sie oft über dem Spieltisch gesehn.
Aber ein Ringelchen kenn ich, das hat sich anders gewaschen,
Das Hans Carvel einmal traurig im Alter besaß,

Unklug schob er den kleinsten der zehen Finger ins Ringchen,
Nur der größte gehört, würdig, der eilfte, hinein.

32

Alle sagen mir, Kind, daß du mich betriegest,
O betriege mich nur immer und immer so fort.

33

Welche Hoffnung ich habe? Nur eine die heut mich beschäftigt,
Morgen mein Liebchen zu sehn das ich acht Tage nicht sah.

34

Alles was ihr wollt, ich bin euch wie immer gewärtig
Freunde, doch leider allein schlafen, ich halt es nicht aus.

35

Nackend willst du nicht neben mir liegen, du süße Geliebte,
Schamhaft hältst du dich noch mir im Gewande verhüllt.
Sag mir: begehr ich dein Kleid? begehr ich den lieblichen Körper?
Nun, die Scham ist ein Kleid! zwischen Verliebten hinweg!

36

Lange sucht ich ein Weib mir, ich suchte, da fand ich nur Dirnen,
Endlich erhascht ich dich mir Dirnchen, da fand ich ein Weib.

37

Eine Liebe wünscht ich und konnte sie niemals gewinnen.
Wünschen läßt sich noch wohl, aber verdienen nicht gleich.

38

Fürchte nicht, liebliches Mädchen, die Schlange die dir begegnet!
  Eva kannte sie schon, frage den Pfarrer mein Kind.

39

Ob erfüllt sei was Moses und was die Propheten gesprochen
  An dem heiligen Christ, Freunde, das weiß ich nicht recht.
Aber das weiß ich: erfüllt sind Wünsche, Sehnsucht und Träume,
  Wenn das liebliche Kind süß mir am Busen entschläft.

40

Weit und schön ist die Welt, doch o wie dank ich dem Himmel
  Daß ein Gärtchen beschränkt, zierlich mein eigen gehört.
Bringet mich wieder nach Hause! was hat ein Gärtner zu reisen?
  Ehre bringt's ihm und Glück, wenn er sein Gärtchen versorgt.

41

Ach! sie neiget das Haupt die holde Knospe, wer gießet
  Eilig erquickendes Naß neben die Wurzel ihr hin?
Daß sie froh sich entfalte, die schönen Stunden der Blüte
  Nicht zu frühe vergehn, endlich auch reife die Frucht.
Aber auch mir – mir sinket das Haupt von Sorgen und Mühe.
  Liebes Mädchen! Ein Glas schäumenden Weines herbei.

42

In dem engsten der Gäßchen es drängte sich kaum durch die Mauern
  Saß mir ein Mädchen im Weg als ich Venedig durchlief.
Sie war reizend, der Ort, ich ließ mich Fremder verführen
  Ach ein weiter Canal tat sich dem Forschenden auf.

Hättest du Mädchen wie deine Canäle Venedig und F . . .
Wie die Gäßchen in dir, wärst du die herrlichste Stadt.

43

Immer hab ich dich heilige Sonne mit Freuden verehret
Wenn du aus trübem Gewölk oder nach Nebel mir kamst ⟨?⟩,
Niemals aber so fröhlich als im Venetischen Pfuhle ⟨?⟩,
Wenn du nach Regen erscheinst freudig die Gondel dir dampft.

44

Immer glaubt ich gut⟨mütig?⟩ von andern etwas zu lernen,
Vierzig Jahr war ich alt, da mich der Irrtum verließ.
Töricht war ich immer daß andre zu lehren ich glaubte
Lehre jeden du selbst, Schicksal, wie er es bedarf.

45

Nachtgespenster ziehen nicht mehr die garstigen langen;
Neumond kündest du an! Almanac, redest du Wahr?
Leuchtet mir doch das Gemach von holdem mondlichem Schimmer
Wohl das Mondengesicht, senkte vom Himmel sich her.

46

Stiften die Christen mit Heil viel Unheil so stiften die Büchlein
Heidnisch durch Unheil viel Heil. Aber noch eile dich nicht,
Laß mich erst noch hienieden, es kann die Barke passieren,
Nimmt sie mich diesmal schon mit, nun so leb wohl in die Welt.

47

Glücklich wer einst dich genießt wenn du das Wachstum vollendet
    Dem du die Schenkelchen zart über den Körper legst

48

Mirabellen pflanz ich in meinem Garten in Reihen
    Daß nun die Wunderschöne wandelnd in Gesellschaft sei

49

Klein ist unter den Fürsten der Deutschen mein Fürst,
                                        ich gesteh es,
    Kurz und schmal ist sein Land, mäßig nur, was er vermag.
Aber mir hat er gegeben, was Große selten gewähren,
    Stand, Vertrauen, Gewalt, Garten und Wohnung und Geld.
Keinen braucht' ich zu bitten als Ihn, und manches bedurft' ich,
    Der ich mich auf den Erwerb schlecht, als ein Dichter, verstand.
Mich hat Europa gelobt, was hat mir Europa gegeben?
    Nichts! Ich habe noch oft meine Gedichte bezahlt.
Deutschland ahmte mich nach, und Frankreich
                                        mochte mich lesen.
    Und wie gefällig empfing England den leidenden Gast.
Doch was hilft es mir, daß auch sogar der Chinese
    Malt mit geschäftiger Hand, Werthern und Lotten auf Glas?
Nie hat nach mir ein Kaiser gefragt, nie hat sich ein König
    Um mich gekümmert, und er war mir August und Mäzen.

KOMMENTAR

RÖMISCHE ELEGIEN

Erotica Romana

Zwanzig »Elegien« sind von Goethes eigener Hand in lateinischen Lettern überliefert in einem Heft, das von der WA die Sigle H^{50} erhielt. Die Niederschriften tragen den Charakter einer Reinschrift, die dann wieder in ein Arbeitsexemplar umgewandelt wurde. Die Elegien sind – in römischen Ziffern, mit Bleistift – durchnumeriert bis XXII. Es fehlen die Nummern II und XVI. Die mit IV bezifferte Elegie steht an zweiter Stelle (so daß dann die Numerierung von III auf V springt). Die Gedichte sind nicht in ein bereits vorliegendes Heft eingetragen, sondern die einzelnen Bogen wurden erst später, nach der Herstellung der Druckvorlage, zu einem Heft zusammengebunden. Erstmals publiziert wurden die zwanzig Elegien 1795 im sechsten Stück von Schillers Zeitschrift ›Die Horen‹. 1800 wurden sie, vor allem metrisch überarbeitet, in die »Neuen Schriften« (N) aufgenommen; sie blieben in den weiteren Ausgaben fast unverändert. Vier weitere Elegien, numeriert von I bis IV, sind in einem anderen, ebenfalls von Goethe eigenhändig in lateinischer Schrift beschriebenen Heft überliefert, das von der WA die Sigle H^{51} erhielt. Die ersten beiden entsprechen offenbar den beiden aus H^{50} entfernten, sind aber neu geschrieben. Die anderen beiden sind so deutlich ›priapeischen‹ Inhalts, daß Goethe sie wohl von vornherein nicht für eine Publikation vorgesehen hatte. Die vier Elegien wurden erstmals 1887, mit vielen Anstands-Lücken, in den Lesarten des 1. Bandes der WA mitgeteilt. Vollständig gedruckt wurden sie erst 1914 im 53. Band der WA. Mehrmals ist in Untersuchungen der Wunsch geäußert worden, es möge in den Ausgaben die Aussonderung der Elegien II und XVI rückgängig gemacht werden, da sie erst kurz vor der Veröffentlichung und offenbar nicht aus künstlerischen, sondern aus Schicklichkeitsgründen erfolgt war. Das geschieht hier, wenngleich es nicht ganz problemlos ist (genauere Rechenschaft in FA). Zwischen Entstehung und Veröffentlichung der Gedichte liegen etwa fünf bis sieben

Jahre, und das Heft trägt mehrere Korrekturschichten. Die präzise Zuordnung einer bestimmten Textschicht zum Zeitpunkt der zyklischen Anordnung der Einzelgedichte (Ende 1790?) ist nicht möglich. Deshalb wird hier die ursprünglich als Reinschrift gedachte Grundschicht als die auf jeden Fall älteste erhaltene Form wiedergegeben, und es wird auch die früheste Form der Anordnung dargeboten. So hat man in jedem Falle die älteste überlieferte Gestalt des jeweiligen Textes, und man hat auch die älteste Text-Anordnung, ohne daß jedoch jedes Detail der Text-Gestalt mit absoluter Sicherheit der Stufe der Text-Anordnung zuzuordnen wäre. – Zu den »Priapea« siehe Anm. 102.

Entstehung und Veröffentlichung: Immer wieder wurden Überlegungen angestellt, wieviel in den Römischen Elegien tatsächlich ›römisches‹ Gut ist. Es hat sich aber die Auffassung durchgesetzt, daß sie allesamt erst nach Goethes Rückkehr, in der ersten Zeit des Liebesglücks mit Christiane Vulpius, entstanden sind. Die Elegien (ausgenommen die Elegie XIV, die in der Berliner ›Deutschen Monatsschrift [Juli 1791] publiziert wurde) blieben zunächst unpubliziert, wurden nur den Freunden mitgeteilt. Entscheidender Anstoß für die Publikation wird die Zusammenarbeit mit Schiller. Dieser hatte Goethe am 13. 6. 1794 zur Mitarbeit an den ›Horen‹ aufgefordert, und vom 14. bis zum 27. September ist Schiller zu Besuch bei Goethe, wohnt in dessen Haus. Schiller berichtet am 20. 9. an seine Frau: »Vor einigen Tagen waren wir von halb 12, wo ich angezogen war, bis nachts um 11 Uhr ununterbrochen beisammen. Er las mir seine ›Elegien‹, die zwar schlüpfrig und nicht sehr dezent sind, aber zu den besten Sachen gehören, die er gemacht hat 〈. . .〉 Seine ›Elegien‹ gibt er uns, und zwar gleich für die ersten Stücke.« Am 26. 10. schickt Goethe eine Abschrift. Einiges scheint er schon hier der Dezenz zuliebe verändert zu haben, denn Schiller antwortet am 28. 10.: »Einige kleine Züge habe ich ungern darin vermißt, doch begreife ich, daß sie aufgeopfert werden mußten.« Erst am 3. 5. 1795 gehen die Elegien abermals an Schiller, der sie mit seinen Anmerkungen am 8. zurückschickt. Jetzt entfallen die beiden anstößigsten Stücke: »Mit den Elegien wird nicht viel zu tun sein, als daß man die zweite und die sechzehnte wegläßt: denn ihr zerstümmeltes Ansehn wird auffallend sein, wenn man statt der anstößigen Stellen nicht etwas Kurrenteres hinein restaurierte, wozu ich mich aber ganz und gar ungeschickt fühle.« (Goethe an Schiller, 12. 5. 1795) Schiller sieht den völligen Wegfall vor allem der Elegie II nicht gern, vermutlich weil dadurch die epische Sukzession des Eingangs zerstört wird. Er meint aber, man könne der »Schamhaftigkeit, die von einem Journal gefodert wird, dieses Opfer bringen, da Sie in einigen Jahren, wenn Sie die Elegien besonders sammeln, alles was jetzt gestrichen wird, wieder herstellen können.« (15. 5. 1795) Am 17. und 18. 5. schließlich geht die Abschrift für den Druck an Schiller (»Hier mein Wertester, die Elegien. Die zwei sind ausgelassen«), der sie an den Verlag weitergibt und unter anderem bemerkt: »Die dritte Elegie wird, wie im Manuskript auch schon bemerkt ist, zur 2. und die zweite zur 3. gemacht.« Erst jetzt also erfolgt die Umstellung der alten Elegien III und IV, ohne daß zu entscheiden wäre, ob die Umstellung Goethes oder Schillers Intention entsprungen ist. Vielleicht ist sie dem strengeren Formwillen Schillers zuzuschreiben, der dadurch den Schaden, der durch den Wegfall der Elegie II entstanden war, wenigstens notdürftig heilen wollte. Ende Juni 1795 erschien dann das sechste Stück der ›Horen‹, das in unmittelbarem Anschluß an Goethes Elegien den Schluß von Schillers »Briefen über die ästhetische Erziehung des Menschen« brachte und deshalb von den beiden als der »Centauer«, also als Doppelwesen aus Mensch und Pferd, bezeichnet wurde.

Das Verhältnis zu den ›Quellen‹: Selbstverständlich knüpfen die Römischen Elegien bei antiken Vorbildern an, und selbstverständlich ist eine Vielzahl, wenn nicht Unzahl solcher – mehr oder weniger plausibler – Anknüpfungen namhaft gemacht worden. Die Rede von den ›Abhängigkeiten‹ oder ›Einflüssen‹ kann aber etwas weit Kunstvolleres verdecken: Soweit in den Römischen Elegien Wendungen erscheinen, die an antike Literatur erinnern, haben sie offenbar wirklich diese Funktion, zu erinnern, in Anspielung und Zitat den Zeitabstand zu überbrücken und eine Art Kommunikation zustande zu bringen. Es sind ›Reminiszenzen‹ im wörtlichen Sinne, ein Echo, das über die Jahrhunderte hinweg zurückgrüßt. Es sind zuweilen ›Anspielungen‹ in der Weise, daß Goethe förmlich über die ›Bande‹ des Lateinischen spielt, um sein Ziel, die Pointe, zu treffen. Der Kommentar des vorliegenden Bandes weist nur auf solche ›Parallelen‹ hin, die in die Größenordnung von Zitat, Anspielung, mitzudenkendem Hintergrund – solcher ›Reminiszenz‹ also – hineinreichen.

Die Aufnahme der Elegien in ihrer Zeit: Das Echo der Elegien bei den Zeitgenossen war zwiespältig. Zwar war die Meisterschaft, mit der sie verfaßt wurden, nicht zu leugnen. Aber die Anhänger des älteren Geschmacks, auch Goethes eigene Weggenossen, hatten doch große Vorbehalte (die sich freilich in öffentlich-polemischer Form erst im ›Xenien-Kampf‹ äußerten). Karl August Böttiger, Weimars eifrigste ›Fama‹, berichtet am 27. 7. 1795 an einen Briefpartner: »Es brennt eine genialische Dichterglut darinnen, und sie stehn in unserer Literatur einzig. Aber alle ehrbaren Frauen sind empört über die bordellmäßige Nacktheit. Herder sagte sehr schön, er habe der Frechheit ein kaiserliches Insigel aufgedrückt. Die ›Horen‹ müßten nun mit dem u gedruckt werden. Die meisten Elegien sind bei seiner Rückkunft im ersten Rausche mit der Dame Vulpius geschrieben. Ergo –«. Der Herzog Carl August sagt dem Herausgeber der ›Horen‹ seinen ›verbindlichsten Dank‹, muß aber doch ausführlich werden: »Die ›Elegien‹ hatten mir sehr wohl gefallen, da sie mir der Autor vorlas oder hererzählte; indessen glaubte ich immer, er würde sie noch etwas liegen lassen 〈. . .〉 Wenn sie vor den Druck in den Händen mehrerer Freunde wären gegeben worden, so würde man vielleicht den Autor vermocht haben, einige zu rüstige Gedanken, die er wörtlich ausgedrückt hat, bloß erraten zu lassen; andere unter geschmeidigeren Wendungen mitzuteilen, noch andere ganz zu unterdrücken: Die Furcht wird immer bei mir erregt 〈. . .〉, daß so viele Nachahmer dann hinzugeschwommen kommen, welche durch die geschmacklosesten Gueuléen 〈Zoten〉 den Augenblick oder die Epoque hinausschieben, wo die deutsche Literatur wirklich den Grad von Humanität erlangen wird, nach welchen alle Schriftsteller streben, denen es ernstlich an der Sache gelegen ist.« Der österreichische Dichter Johann Baptist von Alxinger schreibt am 25. 3. 1797 an Böttiger: »Properz durfte es laut sagen, daß er eine glückliche

Nacht bei seiner Freundin zugebracht habe. Wenn aber Herr von Goethe mit seiner Italienischen Mätresse vor dem ganzen Deutschland in den Horen den con-cubitum 〈Beischlaf〉 exerzirt, wer wird das billigen? Das Ärgerliche und Anstößige liegt nicht in der Sache, sondern in der Individualität.« Ähnlich bezeichnend ist die Stellungnahme Charlotte von Steins: »Wenn Wieland üppige Schilderungen machte, so lief das doch zuletzt auf Moral hinaus, oder er verband es mit Ridicules 〈...〉 Auch schrieb er diese Szenen nicht von sich selbst.« Die Konventionen des Rokoko hatten vieles zugelassen, aber nur eingebunden in den ›witzigen‹ Pointen-Stil, mochte die Pointe nun noch so oberflächlich, moralischer oder ›ridiculer‹ Art sein. Erotische Lyrik kostümierte sich ›arkadisch‹ mit Schäfer- und Schäferinnen-Namen und siedelte sich schon damit in einem Nirgendwo an. Die Präsentationsform erlaubte es dem Verfasser, seine Figuren beliebig durch Pointen zu desavouieren und damit die eigene Ehrbarkeit zu retten. Die Pointen waren quasi das Gatter, die Grenzziehung, das Poesie-Signal, das deutlich machte, daß es sich hier nur um Poesie handelte, um Spiel des ›Witzes‹. Die Pointen von Goethes Elegien aber zäunen das Gedicht nicht etwa ein, sondern intensivieren es oder erweitern seinen Raum. Man achte nur einmal auf das jeweils letzte Distichon: Da wird nichts relativiert, nicht die Konvention wiederhergestellt, sondern gerade im Gegenteil der Glückszustand durch eine zusätzliche Wendung intensiviert oder gar die Perspektive ins Universelle gebracht. Die Spannweite zwischen Gegenwart und Vergangenheit, zwischen dem Bett der Römerin und dem Himmel der Römischen Götter wird mühelos überbrückt. Ebendiese Überbrückungs-Leistung ist das Spezifische dieser Elegien.

Gattungscharakter und zyklischer Bau: ›Elegie‹ war in der Antike in erster Linie ein Formbegriff und bezeichnete allgemein Gedichte in Distichen (soweit sie nicht ihrer Kürze und Pointierung wegen zur Epigrammatik zählten, vgl. die Venezianischen Epigramme). Die Themenkreise waren weiter gesteckt als in späterer Zeit: Neben der ›threnetischen‹ Elegie, dem Klag- und Trauergedicht, gab es auch gnomische Elegien, die Weisheit formulierten, und vor allem gab es die Liebeselegie. Zur Zeit Goethes aber war die

Gattungsbezeichnung schon ganz auf das Klaggedicht eingeschränkt. Goethe reflektiert das selbst, wenn er an Schiller schreibt: »Die Sendung der Elegien hat mich in elegischen Umständen nach dem gewöhnlichen Sinne, daß heißt in erbärmlichen, angetroffen.« (12. 5. 1795) Doch obwohl es in den Römischen Elegien nicht ›erbärmlich‹ zugeht, haben sie auch teil an diesem modernen, eingeschränkten Begriff der Elegie. Denn deren Trauer – soweit sie sich nicht in läppischen Klagen über den Tod von Hunden und Vögeln erschöpft – ist immer Trauer um verlorenes Glück, verlorene Einheit, die in der Klage repräsentiert werden. Insofern ist der Gegenstand der modernen Elegie (›modern‹ am Ende des 18. Jahrhunderts!), im weitesten Sinn, die Erinnerung an das verlorene Paradies oder an die ›goldene Zeit‹ (siehe die Elegie XVI: »O! der goldenen Zeit!«). Diese Zeitspannung ist in den Römischen Elegien durchaus gegenwärtig. Goethe knüpft zwar beim ›ungewöhnlichen‹ alten Begriff der Elegie, bei der erotischen Elegie, an, aber er versucht nicht einfach eine Erneuerung oder gar eine epigonale Nachahmung. Drastisch genug spricht z. B. die ausgesonderte Elegie XVI aus, daß wir nicht mehr in der Welt der Alten leben; die Elegie IV nimmt sogar ausdrücklich auf die revolutionären Nachbarn, die ›wütenden Gallier‹, Bezug. – Vielmehr wird die alte Liebeselegie mit dem für die neuere Elegie charakteristischen Thema der Zeitspannung verknüpft: Die Poesie wird, wenn es zu sagen erlaubt ist, eine Art ›Zeitmaschine‹, die uns ins goldene Zeitalter bringt, gleichwohl aber ständig das Begleitbewußtsein mit sich führt, daß diese Erinnerungsleistung nur vom Medium der Poesie erbracht werden kann. In ihm aber ist es möglich, den Entwurf des geglückten Lebens aufzubewahren, als eine Botschaft an die Gegenwart. Dieser Entwurf des geglückten Lebens bringt all jene Lebensmomente in Einklang, die in der Moderne als unvereinbar gelten oder als unvereinbar erfahren werden: käufliche Liebe und herzliches Vertrauen, Mythos und Realität, Augenblick und Dauer, Vergangenheit und Gegenwart, erotische und ästhetische Sinnlichkeit, ›Rom 1788‹ und Weimar 1788/90. Es lag Goethe fern, diesen Entwurf als politisches Programm zu verkünden. Ganz unvorstellbar wäre das nicht gewesen; man denke etwa an Heinses *Ardinghello* (1787, gleichfalls Frucht eines Italien-Aufenthalts) oder an einige lebensreformerische Tendenzen der Französischen Revolution. Für Goethe gab es in diesem Sinne keine politischen, sondern nur individuelle Lösungsversuche. Gleichwohl handelt es sich um ›engagierte‹ Dichtung, deren Botschaft lautet: »Lebe glücklich« (XIV) – auch unter den Bedingungen der Moderne! – Eine deutlich epische Sequenz bildet die Anfangspartie von den Elegien I bis VI. Es ist die Geschichte der Rom-Ergreifung über den ›niederen Zugang‹ (Wimmel). Das große Problem der klassizistischen Orientierung, die Frage, wie die Modernen in die Überlieferung einrücken und sich den Alten nähern können, wird auf die natürlichste Weise gelöst: indem der Reisende nämlich nicht nur die Reste der Alten anstaunt, sondern auch in den elementaren Lebensvollzügen dasselbe tut wie sie – eine Art hermeneutischer Funktion der Liebe. Geradezu programmatisch wird das dann noch einmal in der Elegie XIV aufgenommen. Im weiteren jedoch muß man vermutlich lockerere und zugleich vielschichtigere Kompositionsprinzipien annehmen. Walter Wimmel hat auf ein Kompositions-Problem hingewiesen, das sich sowohl Properz wie Goethe gestellt hat und das sich gerade aus dem geglückten ›niederen Zugang‹ ergibt: das der Verbindung von privat-intimer Erotik in der beinahe ländlichen Heiterkeit des Südens mit der Monumentalität des alten Rom, von ›niederem‹ und ›hohem‹ Stil also; nach dem hier Gesagten ist diese Verbindung geradezu die ›Botschaft‹ der Elegien. Man wird daher wohl eher von einem Pendeln zwischen den Polen sprechen können, zwischen denen vermittelt werden soll und die einander zugleich bedingen, bis dann in den Elegien XXI und XXII mit den Themen der ›Fama‹ und der ›Verschwiegenheit‹ die Rückkehr in die gesellschaftliche Welt der Gegenwart eingeleitet wird.

Erotica Romana: Das Titelblatt trug zunächst (Tinte, lateinische Lettern) die Aufschrift »Erotica Romana«. Dieser Titel wurde mit Bleistift gestrichen und ersetzt durch »Elegien«, darunter »Rom 1788«. Dann wurde das ganze Titelblatt gestrichen, und es wurde ein neues davorgesetzt, das in deutschen Lettern Titel und Motto der ›Horen‹-Fassung trägt. Wenn wir die Elegien hier als ›Erotica Romana‹ annoncieren, dann beziehen wir uns also auch beim Titel auf die älteste Schicht: »Sicheren Liebesgenuß und gestatteten Raub nur besing' ich; Nirgends in meinem Gedicht wird ein Verbrechen gelehrt.« (Übers. R. Helm)

I] Diese Elegie basiert auf zwei Wortspielen, die sich nur auf dem Umweg über das Lateinische zu erkennen geben. Gleich am Eingang also ein Hinweis darauf, daß hier in einer Tiefenschicht an Antikes ›erinnert‹ wird! Das erste Wortspiel: Liest man ›Roma‹ rückwärts, so entsteht das Wort ›Amor‹ (daher auch in v. 4 die lateinische Wortform ›Roma‹, der in v. 12 an der exponierten Stelle des Versanfangs ›Amor‹ antwortet). Schon in der Antike wurde das zu einem anscheinend recht verbreiteten Palindrom (›Kehrvers‹) benutzt: »Roma tibi subito motibus ibit Amor.« Das zweite Wortspiel, mit dem ersten verquickt, doch nun vollends in der lateinischen ›Geheimschicht‹ verborgen, im vorletzten und letzten Vers (in der Handschrift deutlicher als in der Druckfassung): ›urbs‹ (die Stadt Rom) und ›orbis‹ (der Erdkreis, die Welt). – *Saget Steine mir an]* ›Ansagen‹ soviel wie ›Auskunft, Botschaft geben‹. – *Genius]* Der ›Genius loci‹, der Schutzgeist (die ›Seele‹) eines Ortes. – *verseng' und erquick']* Dieser Optativ (Wunschform) der Grundschicht bezeichnet die Erwartungshaltung genauer als die spätere (grammatikalisch ›korrektere‹) Formulierung »versengt und erquickt« (t aus dem Apostroph entwickelt). ›Versengen‹ häufig von der Wirkung des Blitzes, ›erquicken‹ ursprünglich ›lebendig machen‹, hier also ›verjüngen‹, ›wiederbeleben‹.

II] Diese Elegie wurde vor der Drucklegung ausgesondert. Die Elegie formuliert den ›niederen Zugang‹ (v. 9, die »niedre zierliche Pforte«, hat einen erotischen Nebensinn). Nicht die mondäne, konventionelle und zeitbedingte Fassaden-Welt des modernen Rom kann die alten Steine zum Reden bringen, sondern die ›natur‹-nahe, die Zeit überbrückende Beziehung zu einem einfachen Mädchen. Insofern hat auch die Entkleidung am Ende der Elegie durchaus symbolischen Beisinn: Erst muß die kontingente Hülle des Menschlichen, der zeit- und gesellschaftsbedingte Plunder, herab, dann aber genießt der Reisende dasselbe, was auch Jupiter genießt. – *Cortil]*

Hof. – *Borghese]* Römisches Adelsgeschlecht. – *Nipotina]* Von ›Nepos‹, ›Neffe, Verwandter‹ (vgl. ›Nepotismus‹): Gemahlin eines Verwandten des Papstes. – *Cors]* Corso, die repräsentative Schaufahrt durch die Hauptstraße.

III] Nicht nur Tröstung der Geliebten. Die mythologischen Parallelen geben zugleich der eigenen Liebe einen universalen Horizont, verknüpfen Roma und Amor. Der rasche Liebesbesitz ist sowohl Voraussetzung für die Gründung Roms wie für die Rom-Erfahrung des Ankömmlings. – *Folgte Begierde dem Blick, folgte Genuß der Begier]* Fast wörtliches Zitat von Ovid, *Fasti* III,21: »Mars videt hanc visamque cupit potiturque cupita.« (»Mars erblickt sie, begehrt die Erblickte, genießt die Begehrte.«) Auch hier ein über den lateinischen Anspielungshorizont gehender ›geheimer‹ Zusammenhang, denn die von Mars Genossene ist die in v. 15 genannte Rea Silvia oder Ilia. Das Roma/Amor-Thema ist also der Rahmen der folgenden drei Amor-Beispiele. – *Göttin der Liebe 〈. . .〉 Anchises]* Auf dem Berge Ida verband sich Venus mit Anchises. Beider Sohn war Äneas, der als Urvater Roms galt. Im lateinischen ›Hintergrund‹ steht hier schon das Thema der Verschwiegenheit (vgl. XX): Anchises wurde, weil er das Schäferstündchen ausplauderte, mit Blindheit geschlagen. – *Luna]* Die Mondgöttin liebte den schlafenden Endymion. – *Aurora]* Die Morgenröte. – *Hero 〈. . .〉 Leandern]* Leander durchschwamm den Hellespont, um sich mit Hero zu vereinigen. – *Eine Königstochter]* Rea Silvia (Ilia), Tochter des Äneas, eine Vestalin (jungfräuliche Priesterin), empfing vom Mars die Zwillinge Romulus und Remus; Romulus wurde der Gründer Roms.

IV 〈in der publizierten Fassung: Zweite Elegie〉] Mit der Herausnahme der alten Elegie II rückte die ursprüngliche IV an die dritte Stelle, wurde aber dann an die zweite vorgezogen, offenbar damit das frühe Finden der rechten Partnerin doch noch irgendwie repräsentiert ist, ehe sie dann wegen ihrer schnellen Hingabe (siehe die Elegie III) getröstet wird. – *Wäre Werther 〈. . .〉, ich hätt ihn erschlagen, Kaum verfolgte]* Möglichkeit eines Mißverständnisses. Gemeint ist: Wenn Werther mein Bruder gewesen wäre und ich ihn erschlagen hätte, dann . . . – *Malbrough]* Das Spottlied »Malbrough s'en va-t-en guerre«, ursprünglich wohl auf einen Kreuzritter dieses Namens gemünzt, wurde auf John Churchill Herzog von Marlborough gedeutet, einen englischen Feldherrn im Spanischen Erbfolgekrieg. Goethe schreibt am 17.9.1786 aus Verona: »Das Liedchen von Marlborough hört man auf allen Straßen.« Das ›Tiefurter Journal‹ hatte es 1784 gebracht. – *Napel]* Damals übliche Form für Neapel (›Napoli‹). – *Bergen und Schnee, hölzernen Häusern]* In der »Italienischen Reise« (25.2.1787) berichtet Goethe, welches Bild die Neapolitaner von den nördlichen Ländern haben: »›Sempre neve, case di legno, gran ignoranza, ma danari assai.‹ ... Zur Erbauung sämtlicher deutschen Völkerschaften heißt diese Charakteristik übersetzt: ›Immer Schnee, hölzerne Häuser, große Unwissenheit; aber Geld genug.‹« – *Und der Barbare beherrscht römischen Busen und Leib]* In der Kombination ›Busen und Leib‹ bezeichnet ›Busen‹ das Gemüt. – Die Stelle wird auf Properz II 16, 27f. zurückgeführt: »barbarus exhaustis agitat vestigia lumbis et subito felix nunc mea regna tenet.« (»Der Barbar ⟨Nicht-Römer⟩ stolziert mit ausgelaugten Lenden herum, und plötzlich beherrscht der Glückliche meine Gefilde.«) Da jedoch ist der Barbar ein erfolgreicher Nebenbuhler des Dichters. Als bloße ›Parallele‹ ist das recht vage. – Denkbar aber ist, daß Goethe hier in der lateinischen ›Geheimschicht‹ sagt, er habe das Mädchen einem Einheimischen entwendet; »der Römer« in v. 24 wäre dann keine Kollektivbezeichnung, sondern eine ganz bestimmte Person.

V] Schon A. W. Schlegel meint in seiner ›Horen‹-Rezension, diese Elegie sei »in den letzten Zeilen nicht von aller Verworrenheit frey«. Der üblich gewordene Hinweis, daß die ›Göttin Gelegenheit‹, genauer: das ›bräunliche Mädchen‹ mit den ›dunklen Haaren‹ ein Christiane-Porträt sei, hat diese ›Verworrenheit‹ womöglich noch verstärkt. Die Handschrift-Fassung kann das jedoch aufklären: Die ›Göttin Gelegenheit‹ hat sich dem Reisenden in der Vergangenheit als ein Mädchen dunklen Typs verbunden, während er jetzt von ihr in »andrer Gestalt« (v. 18), nämlich von ›blonden Flechten‹ (v. 32), gefesselt wird. (v. 31 mit Tonbeugung: »die Zeit ist vorüber«). – *den Göttern | Aller Völker der Welt]* Insbesondere in der Kaiserzeit hatten die Römer vielfach auch Götter und Kulte der eroberten Länder (›Synkretismus‹) übernommen, ein Verfahren, das in besonderem Maße dem Gedanken eines ›Consensus‹ entsprach. – *Erynnen]* Erinnyen: Rachegöttinnen. Der gewaltige Aufwand dient als Vorbereitung der Pointe. – *an rollenden Rädern und Felsen]* An ein rollendes Rad wurde Ixion, an einen Felsen Prometheus geheftet. – *Gelegenheit]* In der griechischen Tradition männlich als ›Kairos‹ vorgestellt, in den lateinischen Emblembüchern des 16. und 17. Jahrhunderts auch weiblich als ›Fortuna occasio‹. – *Proteus 〈. . .〉 Thetis]* Meergottheiten, die sich verwandeln können. – *den Blöden]* In dieser Zeit: den (Liebes-)Unerfahrenen, Schüchternen.

VI] Nachdem in der vorangegangenen Elegie mit der Feier der ›Gelegenheit‹ die ›Finde‹-Sequenz abgeschlossen ist, nun die Synthese, in der auch die antike Kunst wieder zu ihrem Recht kommt: Der Marmor ist zum Sprechen gebracht (Pygmalion-Motiv). Erster Höhepunkt, dessen Kerngedanke (v. 10) variiert in der Elegie XIV wieder erscheint. – *nun 〈. . .〉 Lauter und reizender spricht]* Durch das »nun«, die beiden Komparative und das »spricht« wird der neue Zustand dem der Elegie I ausdrücklich gegenübergestellt. Mit dem Wort ›reizend‹ ist zugleich der Gedanke einer Synthese von erotischer und ästhetischer Sinnlichkeit angesprochen, denn das Wort bezeichnet in der Zeit das Verlangenerregende. – *begeistert]* Mit beschwertem Sinn zu lesen: Inspiriert, nämlich vom ›Genius loci‹ (siehe die Elegie I). – *Ich befolge den Rat]* Nämlich auf pointierte Weise den Rat des Horaz im Brief *De arte poetica* an die Pisonen: »vos exemplaria Graeca nocturna versate manu versate diurna.« (Übers. R. Helm: »Wälzt die Griechischen Muster stets in den Händen bei Nacht und wälzt sie immer bei Tage.«) Ein solches Muster für das Studium der ›Nachthand‹ ist also der Körper der Geliebten. In der Handschrift wird die Anspielung durch die Wiederaufnahme von ›manus‹ in v. 5 deutlicher, wirkt aber weniger elegant (seit den ›Horen‹: »Aber die Nächte hindurch hält Amor mich anders beschäftigt.«). Auch hier ergibt sich die Pointe erst auf dem Umweg über den lateinischen Anspielungshorizont. – *Triumvirn]* Eigentlich eine Dreimänner-Herrschaft (z. B. Crassus, Cäsar und Pompejus). Übertragen die Elegiendichter Catull, Tibull und Properz, deren Werke häufig zusammengebunden waren (vgl. den Abschnitt »Entstehung«). Auch hier am Ende wieder die Zusammenführung von Gegenwart und Antike, diesmal in der Erinnerung Amors.

VII] Der Erfüllung folgt nun die ›realistische‹ Störung durch Eifersucht, die, da unbegründet (?), das Glück noch vertieft. Charlotte von Stein meinte zu den Elegien: »In einer einzigen, der sechsten, war etwas von einem innigeren Gefühl.« Aber die Art, wie Goethe die temperamentvolle Römerin bei diesem Auftritt alle rhetorischen Register ziehen läßt, bis hin zum Einsetzen des Kindes als Auslöser von Rührung, trägt auch Züge einer Komödien-Szene. Die Beteuerungen der Reinheit des früheren Lebenswandels beschränken sich bezeichnenderweise auf den Umgang mit dem Klerus (v. 12). – *Kleider]* Die in der Elegie IV erwähnten? – *Sürtout]* Langer Überrock. – *Prälate]* Doppelsinnig, nicht nur der geistliche Würdenträger, sondern auch der ›Vorgezogene‹. – *Falkonieri* 〈. . .〉 *Albanis]* Bekannte römische Familien, denen hochgestellte Kleriker entstammten. – *Rotstrumpf* 〈. . .〉 *Violettstrumpf]* Kardinäle trugen rote, Prälaten violette Strümpfe. Auf die Stelle bezieht sich Goethes Äußerung, die selbst diesen Anlaß sogleich für eine Brücke zur Antike nutzt: »Die angezeichnete Stelle in der sechsten habe ich stehen lassen. Man versteht sie nicht das ist wohl wahr; aber man braucht ja auch Noten 〈Anmerkungen〉, zu einem alten nicht allein, sondern auch zu einem benachbarten Schriftsteller.« (An Schiller, 17. 5. 1795.)

VIII] Hier hat Goethe bei der Bearbeitung das Thema der Liebe radikal getilgt, um ein reines Rom-Gedicht daraus zu machen. Vielleicht war ihm in der ursprünglichen Fassung die Synthese von Liebe und Mythologie doch zu gewagt: Als der Dichter das ›Gemach‹ betritt, wird ihm die Geliebte zu Hebe, die ihm die Ekstase einer Himmelfahrt vermittelt. – *Phöbus]* Apollo als der ›strahlende‹ Sonnengott. – *ambrosisches]* Ambrosia ist die Unsterblichkeit verleihende Speise der Götter. – *Jupiter Xenius]* Jupiter in seiner Eigenschaft als Hüter des Gastrechts. Siehe auch v. 22 . – *Hebe]* Göttin der Jugend, welche die verklärten Halbgötter (Heroen) im Olymp empfängt und bewirtet. – *Hermes]* Hier als Führer der abgeschiedenen Seelen (›Psychopompos‹). Vgl. auch Goethes Elegie *Euphrosyne*. – *Cestius Denkmal]* An der Pyramide des Cestius lag der Friedhof für Nicht-Katholiken.

IX 〈. . .〉 *Wenn]* Adversativ, ›wohingegen‹. – *Beere]* In der Grundschicht der Handschrift steht hier noch einmal »Blüte«, dann zu »Beere« korrigiert.

Da es sich um ein Schreibversehen handeln dürfte, wird die Korrektur in den Text übernommen. – Die Unscheinbarkeit der Weinblüte ist ein alter Topos, z. B. auch in der Mariensymbolik.

X] Die erste Seite der Handschrift (bis v. 6) ist stark korrigiert, die zweite ist ohne Korrektur; der Schriftcharakter läßt darauf schließen, daß Goethe sie neu geschrieben hat. Der Grammatikfehler »das Feuer«/»sie« (v. 1 f.) und der schwer durchschaubare Satzbau in v. 5 f. könnten darauf hindeuten, daß es sich um eine erste Niederschrift handelt. Ab v. 7 repräsentiert der Text der Handschrift sicherlich nicht den Stand von Ende 1790, sondern einen späteren. – *Knisternd glänzet sie]* Endschicht der Handschrift: »Knistert und glänzet wie«. – *wird erst Reisig u.⟨nd⟩ Scheite werden nicht]* Wenn sie kommt, dann wird erst recht nicht an Reisig und Scheiten gespart. – *die Freude | Wieder zu wecken]* Erotisch doppelsinnig.

XI] Heinrich und Friedrich: Man kann an Heinrich IV. von Frankreich und Friedrich II. von Preußen denken. Indem Goethe die Namensreihe bis an die Schwelle der Gegenwart führt, wird wieder das Universale der Konzeption hervorgehoben. Ohnedies sind Heinrich und Friedrich auch mittelalterliche Kaisernamen, die man sich hier mitenthalten denken kann. – *Lethe]* Fluß des Vergessens in der Unterwelt.

XII] Kaum korrigiert. Wahrscheinlich hat Goethe hier den Schluß einer Elegie abgetrennt und selbständig gemacht. Denn die erste Seite der Handschrift trägt fünf Distichen, während sonst auf der Anfangsseite nur drei stehen. Überdies ist der Einsatz etwas unvermittelt. – *Werkstatt]* Vgl. auch die Künstlerwerkstatt in der Elegie XIV und schon *Künstlers Morgenlied.* – *Pantheon]* Für die Göttergestalten des ›Pantheons‹ (Tempel aller Götter) sind einzelne Plastiken aus Goethes Besitz oder römischer Umgebung namhaft gemacht worden: der Zeus von Otricoli, Juno Ludovisi, der Apoll von Belvedere, die Minerva Giustiniani, die Mediceische Venus. Mindestens ebenso wichtig dürfte eine literarische Anregung sein: Im 36. antiken Priapeon steht eine ähnliche Aufzählung von Göttern mit ihren Charakteristika; u. a. werden der ›weiche‹ Körperbau des Bacchus, die Locken des Phöbus, der ernste Blick Minervas, der verliebte der Venus genannt. Am Schluß trumpft Priapus auf und preist sein eigenes Charakteristikum: »Quod si quis inter haec locus mihi restat, deus Priapo mentulatior non est.« Dies, der Stil des Weihe-Epigramms und die Schlußpointe des Gedichts legen die Vermutung nahe, daß das Gedicht ursprünglich in den Umkreis von Goethes ›Priapea‹ gehörte. – Bemerkenswert ist auch der Einsatz Winckelmannscher Vorstellungen, wodurch auch eine Verbindung zur Elegie XIV entsteht, vgl. die dortige Anm. – *Bacchus, dem weichen, dem holden wendet]* Winckelmann (»Geschichte der Kunst des Altertums«, »Von dem Wesentlichen der Kunst«) betont die »Weichlichkeit« des Bacchus und meint, Bacchus sehe aus »wie zwischen Schlummer und Wachen in einen entzückenden Traum halb versenkt«. – *Cythere]* Aphrodite/Venus. – *selbst in dem Marmor noch feucht]* Winckelmann (wie oben) hebt bei Venus das »Schmachtende in den sanft geöffneten Augen« hervor, »welches die Griechen ›to hygron‹ 〈das Feuchte〉 nennen«. – *der herrliche Sohn]* Beider Sohn ist nach der Überlieferung nicht, wie gelegentlich zu lesen, Eros, sondern Priapus. Aphrodite wird also der Wunsch unterstellt, daß auch dieser in die Gärten verdrängte Gott der strotzenden Geschlechtskraft in den Kreis der im Atelier versammelten Olympischen aufgenommen werde. Der Dichter, so darf man vermuten, wird durch sein rüstiges Wirken dafür sorgen, daß dies bald geschieht, im Atelier wie auf dem ›Olymp‹ (vgl. auch das zweite ›Priapeon‹, S. 103).

XIII] Anspielungshorizont ist Ovid, *Amores* III 10. Das Demeterfest galt der Erinnerung an die Wiedervereinigung Demeters mit ihrer Tochter Persephone. Es wurde von den Frauen mit neuntägigem Fasten und geschlechtlicher Enthaltsamkeit begangen (vgl. *Metamorphosen* X, 431-435). Ovid beklagt sich darüber und mahnt die Göttin scherzhaft an ihr eigenes Liebesglück mit Jasion. Hier setzt Goethe an und deutet das Fest um zur Feier dieser Liebesvereinigung. Spielerisch wird die mythisch gottesdienstliche Integration der Liebe in den großen Zusammenhang im Kleinen, Privaten nachvollzogen. – *Flamminischen Weg]* Goethe wohnte unweit der Porta del Popolo, von der aus die Via Flaminia in die Campagna hinausführt. – *Ceres]* Göttin der Fruchtbarkeit, des Getreides. – *Eichlen]* Diese häufig erwähnte Urnahrung bestand nicht aus den uns geläufigen Eicheln, sondern einer Art

Kastanien. – *der Profane]* Der Uneingeweihte. – *Blumen und Ähren umkränzt]* Zu lesen: blumen- und ährenumkränzt. – *Myrte]* Strauch der Liebesgöttin Aphrodite.

XIV] Als einzige der Römischen Elegien schon vor dem ›Horen‹-Abdruck veröffentlicht, ›Deutsche Monatsschrift‹ Juli 1791. Titel: »Elegie. Rom 1789«. Motiv für die Veröffentlichung könnte Goethes für den Herbst 1790 belegte Lektüre von Kants eben erschienener *Kritik der Urteilskraft* gewesen sein. Kant fordert vom ›reinen‹ ästhetischen Urteil über das ›Schöne‹, daß es ›interesselos‹ sei und nicht durch den ›Reiz‹ hervorgerufen werde. Dies konnte, losgelöst aus der ›transzendentalen‹ Argumentation Kants, als Proklamation jener Trennung von Kunst und Leben aufgefaßt werden, die der ›italienisch-nachitalienische‹ Goethe aufzuheben trachtete. Die Mühe, die Goethe sich mit der Plazierung der ›Winckelmannischen‹ Schlüsselwörter der Schlußpassage gemacht hat, wäre als Indiz dafür aufzufassen, daß Goethe hier Kant seine eigene ›italienische‹ Position gegenüberstellt. Jedenfalls aber ist die Elegie XIV von besonders programmatischem Charakter als Versuch einer Synthese oder zumindest Abstimmung von ästhetischer und erotischer Sinnlichkeit. Die Schlüsselwörter wie auch die Künstler-Werkstatt lassen auch eine engere Beziehung zur Elegie XII vermuten. Der Aufbau ist genau zweiteilig (schon in der Endschicht der Handschrift steht nach v. 26 der Gedankenstrich): im ersten Teil Amors Hinweise auf seine Mitwirkung beim künstlerischen Gestalten und sein Verjüngungsversprechen, im zweiten die Anwendung auf die eigene Situation. Goethe hat die Synthese Kunstwerk/Geliebte auf der Italienreise an prominenter Stelle, beim britischen Botschafter Hamilton, kennengelernt. Vgl. zum 16. 3. 1797 und zum 27. 5. 1787. – *so säh ich]* Endschicht der Handschrift: ich sähe. – *schönen Genuß stiller Betrachtung 〈...〉 wie rein! Wie edel]* Schlüsselwörter der Winckelmannschen Kunstanschauung. Vgl. den vielzitierten programmatischen Kernsatz – von Winckelmanns »köstliche〈n〉 Grundstellen« spricht Goethe noch im Winckelmann-Essay von 1805. – Winckelmann in den *Gedanken über die Nachahmung der griechischen Werke* in der Malerei und Bildhauerkunst: »Das allgemeine vorzügliche Kennzeichen der griechischen

Meisterstücke ist endlich eine edle Einfalt, und eine stille Größe, sowohl in der Stellung wie im Ausdrucke.« Ferner zum ›Wechsel‹: »Kenntlicher und bezeichnender wird die Seele in heftigen Leidenschaften; groß aber und edel ist sie in dem Stande der Einheit, in dem Stande der Ruhe.« – *Ariadne* 〈. . .〉 *Theseus]* Theseus hatte die Königstochter Ariadne aus Kreta entführt. Er verließ sie auf göttliches Geheiß auf der Insel Naxos, während sie schlief. Ein häufig verwendetes Bildmotiv.

XV] Das Anzünden des Lichts war in Italien ein besonderes Ritual: »Gute Nacht! so können wir Nordländer zu jeder Stunde sagen, wenn wir im Finstern scheiden, der Italiener sagt: Felicissima notte! nur einmal, und zwar wenn das Licht in das Zimmer gebracht wird, indem Tag und Nacht sich scheiden, und da heißt es denn etwas ganz anderes.« (*Italienische Reise*, Venedig, 5. 10. 1786.) – *hinter dem Berge]* Wortspiel mit it. ›tramontare‹, ›untergehen, über die Berge gehen‹. –

XVI] Eine der beiden für den Druck ausgesonderten Elegien. Am 6. 4. 1789 schreibt Goethe an den Herzog Carl August: »Sagen Sie mir gelegentlich ein Wort wie Sie sich befinden. Ich fürchte das leidige Übel 〈eine Geschlechtskrankheit〉 hat Sie noch nicht verlassen. Ich werde ihm ehestens in Hexametern und Pentametern aufs schmählichste begegnen, das hilft aber nicht zur Kur.« – Hier besonders deutlich die Gegenüberstellung von Antike und Moderne, als Ausweg der Rückzug in den geschlossenen Privatraum. Winckelmann hatte den Schönheitssinn der Alten unter anderem darauf zurückgeführt, daß es in der Antike keine Pocken und keine Geschlechtskrankheiten (und keine Rachitis, die man für eine Folge hielt) gegeben hat. – *Python* 〈. . .〉 *Lernäischer Drache]* Python kroch nach der ›Deukalionischen‹ (Sint-)Flut aus dem Schlamm und wurde von Apollo erlegt. Der Lernäische Drache (die Hydra von Lerna) wurde von Herakles besiegt. – *hesperischer Drache* 〈. . .〉 *goldener Äpfel]* Herakles holte die Äpfel der Hesperiden. – *Lucrez]* Der Materialist Lucrez vertrat im IV. Buch seines Lehrgedichts *De rerum natura* (»Über die Natur der Dinge«) eine nüchterne, physiologische Position auch in Sachen der Liebe. Insbesondere wendet er sich gegen die schwärmerisch-schmachtende Fixierung der Phantasie auf eine unerreichbare Partnerin und meint: »Aber man sollte die Bilder verbannen, man sollte der Liebe Jegliche Nahrung entziehen, den Sinn auf anderes richten Und den gesammelten Saft auf beliebige Leiber verschleudern, Statt ihn aufzubewahren, um einer Liebe zu frönen Und sich nur sichere Sorge und Schmerzen dadurch zu bereiten. (IV 1063-1076, Übers. H. Diels.) – *Properz ⟨. . .⟩ Cynthia]* In der Elegie IV 8 erzählt Properz, wie er, um sich an der untreuen Cynthia zu rächen, zwei Dirnen einlädt. Cynthia kommt überraschend dazwischen, rast und tobt, und erst nach des Dichters völliger Unterwerfung unter ihre Gebote wird im Bett der Friede besiegelt. – *O! der goldenen Zeit]* Ein elegischer Ausruf im Sinne des modernen Elegie-Begriffs. – *Semele ⟨. . .⟩ Callisto]* Wie bei allen mythologischen Anspielungen in den Elegien wird nur die positive Seite erwähnt. Immerhin wurde Semele erschlagen, als Jupiter sich ihr in der Gestalt des Blitzes näherte; Kallisto wurde von der eifersüchtigen Hera in eine Bärin verwandelt, getötet und von Zeus als Sternbild an den Himmel gehoben. – *Hermes]* Steht für Mercurius, das Quecksilber, das die Grundlage der einzigen leidlich erfolgreichen Kuren gegen die Syphilis war. Als Götterbote versinnbildlicht er auch die Verbindung zum Göttlichen. Vgl. v. 41 f. den gewagten Gedanken: Hermes/Quecksilber als ein naturhaft Überdauerndes, das die Zeitüberbrückung ermöglicht. – *des Vaters]* Jupiters. – *mein artiges Gärtchen]* Das private Diminutiv-›Paradies‹ des Dichters.

XVII] Der erste Teil dieser Elegie wurde zum Anknüpfungspunkt ausgedehnter biographischer Spekulationen, die als Zeugnisse für die Goethe-Rezeption des 19. Jahrhunderts bezeichnend sind. Die Szene soll sich in der Osteria alla Campagna (oder della Campana oder Campanella) an der Piazza Montanara beim Marcellus-Theater abgespielt haben. – *Caesarn ⟨. . .⟩ Flöhe]* Nach der Hadrian-Vita (XXV) der »Scriptores historiae augustae« hat der Dichter Florus an den Kaiser (»Caesar«) Hadrian die Verse folgenden Inhalts gerichtet: »Ich will nicht Kaiser sein, zu Fuß durch Britannien ziehen und skythische Winter erdulden.« Hadrian habe geantwortet: »Ich will nicht Florus sein, durch Kneipen wandern, in Garküchen herumlungern und feiste Mücken erdulden«. – *Osterien, wie euch schicklich der Römer benennt]*

Weil von ›oste‹, Gastfreund, abgeleitet. Hier also italienischer Anspielungshorizont. – *römischen Fünfe | Und ein Strichlein davor]* Die umständliche Beschreibung der Zahl IV legt zusammen mit dem oben eingeführten italienischen Anspielungshorizont die Vermutung nahe, daß die Römerin hier nicht nur das ›wann‹, sondern auch das ›was‹ signalisiert (Doppelsinn von it. ›asta‹). – *köstliche vier 〈. . .〉 Noch so lange bis Nacht dann noch vier Stunden zu warten]* In Italien zählte man die Stunden ab Sonnenuntergang. – *dein Priester Horaz]* Horaz, *Carmen saeculare* 9-12: alme Sol, curru nitido diem qui | promis et celas aliusque et idem | nasceris, possis nihil urbe Roma | visere maius. (»Wohltätige Sonne, die auf leuchtendem Wagen den Tag du herauffführst und wieder verbirgst, die du eine andere stets und stets doch dieselbe verjüngt entstehst, mögest du neben der Stadt Rom nichts können erblicken Größeres.« Übers. B. Kytzler.) – *Siebengebirg]* Die sieben Hügel, auf denen Rom erbaut war. – *herauf]* Bei Goethe häufiger das Bild, daß die unter-(auf-)gehende Sonne zuletzt (zuerst) die höchsten Stellen bescheint, z. B. *Mahomets Gesang*, der »Türne Flammengipfel«. – *glücklicher Räuber]* Romulus hatte seine Stadt, um sie zu bevölkern, zum Asyl für allerlei Räuber-Gesindel gemacht, und die weitere Geschichte Roms deutete darauf hin, daß deren Erbteil nachwirkte. – *Parze]* Schicksalsgöttin. Sie zwar soll den Lebensfaden langsam spinnen, doch jetzt soll die Zeit schneller vergehen. – *Rang]* Vorrang.

XVIII 〈. . .〉 Vigne] Weinberg.

XX] Diese Elegie hat in der Zeit die meiste Empörung hervorgerufen. Angst vor Ansteckung als einziger Grund zur Treue! Eine Publikation der alten Elegie XVI wäre zwar noch skandalöser gewesen, aber sie hätte vielleicht deutlich werden lassen, daß es auch hier um die Frage der Verwirklichung des Lebensstils der ›Alten‹ unter den Bedingungen der Moderne geht. Diese Bedingungen sind bildhaft konzentriert in der Möglichkeit venerischer Erkrankung, die symbolisch den ›Sündenfall‹ repräsentiert, der uns eine umstandslose Rückkehr in die ›goldene Zeit‹ unmöglich macht. – *einsam das Lager zu Nacht]* Vgl. auch das 26. der Venezianischen Epigramme, ferner Tischbeins Zeichnung: der römische Goethe vor einem breiten italienischen

Bett ausrufend: »Das verfluchte zweite Küssen!« Mitte Januar 1790 schreibt Goethe an den von einer Geschlechtskrankheit (und der entsprechenden Kur) geplagten Herzog Carl August von seinem Glück, »selten allein schlafen zu müssen und doch penem purissimum zu erhalten«. – *Faustine]* Das einzige Mal, daß in den »Römischen Elegien« der Name genannt wird. Dann noch einmal im »Venezianischen Epigramm« Nr. 4. – Mancher spätere Rom-Reisende meinte, ›Faustina‹ selbst unter den römischen Maler-Modellen kennengelernt zu haben (u. a. Wilhelm von Humboldt). Die aus römischen Akten gewonnene ›Entdeckung‹, daß es sich dabei um eine tatsächlich existierende Faustina Annunziata Lucia Giovanni gehandelt habe, hat sich jüngst als Fälschung herausgestellt. Wenn man unbedingt die Wirklichkeit will: Die römischen Dichter pflegten die Namen der wirklichen Geliebten durch einen metrisch gleichwertigen zu ersetzen, also Clodia durch Lesbia, Plania durch Delia, Hostia durch Cynthia. Goethe selbst hat Lotte durch Lida ersetzt. Vielleicht ist die Nennung eine versteckte Huldigung an Christiane. – *Quiriten]* Feierliche Anrede an die Bewohner Roms.

XXI] Die Erzählung ist etwas unübersichtlich. Goethe erfindet hier einen ›ätiologischen‹ Mythos, der die Ursache für den Widerstreit zwischen gutem Ruf und Liebe erklärt. Fama (der Ruhm, der Ruf) rühmt sich der Verehrung durch ihren Liebling Herkules. Amor spielt ihr darauf einen Streich: Er bringt Herkules unter die Gewalt einer schönen Frau (Vorbild ist der Aufenthalt des Herkules als Knecht bei der Königin Omphale) und führt einen Rollentausch vor; Herkules trägt die weiblichen Insignien, die Schöne trägt die Insignien des Herkules. Dieses Bild der Demütigung des Helden führt Amor den Göttern vor. Und nun (v. 43-51) wird die Situation verglichen mit einer ähnlichen, bei Homer, *Odyssee* VIII 267-326, berichteten: Aphrodite (Venus), die Gattin des Hephaistos (Vulkanus), hatte ein Schäferstündchen mit Ares (Mars); Hephaistos ertappte die beiden, fesselte sie mit einem kunstvollen Netz und gab ihren Anblick dem Gelächter der Götter preis. Anders Fama: Sie zieht sich wütend zurück, und seither ist Streit zwischen ihr und Amor. – Am Fuß der letzten Seite steht als Datum »24. Dez. 89«. Am Tag darauf wurde Christianes und Goethes Sohn August geboren, der Weimarer Klatsch war vollends entfesselt. – *Jovis herrlichen Sohn]* Jupiter hatte den Herkules mit Alkmene gezeugt, sehr zum Unwillen seiner Gattin Juno. Deshalb ist diese auch so erfreut über die Demütigung (v. 37 f.). – *zwischen den Schenkeln zu ruhn 〈. . .〉 ein schöner Gedanke]* Philine in *Wilhelm Meisters Lehrjahren* (V 10) meint, das sei der schönste Gedanke im ganzen *Hamlet* (Szene III 2). – *Denn der Könige Zwist büßten die Griechen wie ich]* Horaz, *Epistulae* I 2,14: »Quidquid delirant reges, plectuntur Achivi.« (»Was auch die Könige Verrücktes tun, die Achiver 〈Griechen〉 müssen es büßen.«) Auch diese Unterwerfung unter das ›alte Gesetz‹ (v. 69) gehört, wenngleich mit scherzhaftem Ton, zur Aufhebung der Zeit.

XXII] Komplementär zum Thema ›Fama‹ in der vorangegangenen Elegie: Auch der Dichter kann sein Glück nicht schweigend genießen. – *der Könige Schande 〈. . .〉 verlängertes Ohr]* Ovid, *Metamorphosen* XI 174-193: Apollo hat dem König Midas Eselsohren wachsen lassen. Midas versteckt sie unter einer hohen Mütze, aber sein Haarschneider entdeckt das Geheimnis. Es drückt ihn so sehr, daß er ein Loch gräbt, es hineinflüstert und wieder Erde darüber wirft. Doch das Schilf, das über dem Loch wächst, wird das Geheimnis verraten. – *phrygischer Bund]* Die hohe phrygische Mütze (tiara). – *dem schallenden Felsen]* In der Handschrift hat Goethe auch die Variante »schrillenden« versucht. Also kaum Anlehnung an Properz I 18,1-4. – *Quiriten]* Pathetisch die Bewohner Roms.

Priapea

Priapus, Sohn des Bacchus und der Venus, war der Gott der Gärten, der Fruchtbarkeit und der Geschlechtslust. Seine Statuen, aus Holz, bunt bemalt, mit Sichel, Keule, Ährenkranz und mächtigem Liebeswerkzeug, standen als Vogelscheuchen in den Gärten. Das reizte natürlich, sie mit Graffiti zu versehen, die, als eine Art von Votivtafeln, einschlägige Bitten um Schutz und Hilfe formulierten oder den Gott allerlei auf sein Wächteramt und sein Haupt-Attribut bezogene Obszönitäten sagen ließen. Sicher sind solche

Graffiti, tatsächliche und fingierte, schon in der Antike gesammelt worden. Doch erstmals wird eine solche Sammlung handschriftlich im 15. Jahrhundert sichtbar. Seither gab es auch immer wieder Drucke, und zwar häufig zusammengebunden mit Werken namhafter Dichter, etwa des Petronius, Martials, der ›Triumvirn‹ (siehe S. 14 und Anm.). Als einen solchen Anhang, vielleicht auch als Rahmen, zu den Römischen Elegien hat offenbar auch Goethe seine beiden Priapea konzipiert. Im ersten wird der Gott um Schutz für die Elegien gebeten, im zweiten spricht der Gott selbst, bedankt sich beim Dichter für seine Verherrlichung und verheißt ihm seinen Beistand.

I Garten ⟨. . .⟩ Beete] Der Garten ist die Elegiensammlung, die Beete sind die einzelnen Elegien. – *Früchte bringenden Zweig]* Phallisches Bild. – *fürchten]* Korrigiert zu: befürchten. – *frei pflück und genieße, wer mag]* In den antiken Priapea hatte der Gott die Diebe abzuwehren. Im metaphorischen Garten der Elegien hingegen ist das nicht nötig. Hier sind dafür die »Heuchler«, v. 7, strafwürdig. – *so straf ihn von hinten]* Die verschiedenen ›Straf‹-Methoden des Priapus werden in den antiken Priapea mehrfach genannt (z. B. 6, 11, 13). Immer verwendet er dabei sein Haupt-Utensil und, je nach Alter und Geschlecht, die verschiedenen Körperöffnungen der Delinquenten.

II] Besonders starke Anlehnung an das 63. Priapeon. – *den schlechterworbnen]* Nämlich nicht durch legitime Erbfolge, sondern durch Rebellion, die dann von den Künstlern verklärt wurde. – *Philänis]* Beliebter Hetären-Name, konkret eine sagenhafte Liebesexpertin, welche zwölf verschiedene Positionen der Liebesvereinigung beschrieben haben soll.

EPIGRAMME. VENEDIG 1790

Erstdruck im ›Musen-Almanach für das Jahr 1796‹ (erschienen Dezember 1795), hg. v. Schiller. 24 Epigramme waren schon 1791 in der Berliner ›Deutschen Monatsschrift‹ erschienen (Juni die Nummern 2, 5, 8, 11, 13, 15, 20, 21, 25, 30, 100, ⟨26⟩ und Oktober die Nummern 50, 56, 57, 83, 84, 85, 86, 89, 94, 95, 96, ⟨51⟩). Am 3.4.1790 schreibt Goethe aus Venedig an den Herzog: »Übrigens muß ich im Vertrauen gestehen, daß meiner Liebe für Italien durch diese Reise ein tödlicher Stoß versetzt wird. Nicht daß mirs in irgendeinem Sinne übel gegangen wäre, wie sollte es auch? Aber die erste Blüte der Neigung und Neugierde ist abgefallen ⟨...⟩ Dazu kommt meine Neigung zu dem zurückgelassenen Eroti⟨c⟩o und zu dem kleinen Geschöpf in den Windeln, die ich ihnen beide, wie alles das Meinige, bestens empfehle. Ich fürchte meine Elegien haben ihre höchste Summe erreicht und das Büchlein möchte geschlossen sein. Dagegen bring ich einen Libellum Epigrammatum ⟨Büchlein mit Epigrammen⟩ mit zurück, der sich Ihres Beifalls, hoffe ich, erfreuen soll.« Am 10.3. war Goethe aufgebrochen, um die Herzogin Anna Amalia auf der letzten Etappe ihrer Italienreise von Venedig nach Weimar zu begleiten. Doch seine Italien-Wahrnehmung ist nun von ganz anderer Art als bei der ersten Italienreise. Zu Hause warten seine naturwissenschaftlichen Arbeiten und seine kleine Familie. Die Ankunft der Herzogin verzögert sich, vom 31.3. bis 6.5. treibt Goethe sich ohne Aufgabe wartend in der Stadt herum, macht Beobachtungen, studiert die Kunstschätze, und sein Grimm macht sich in teils bissigen, teils sehnsuchtsvollen Epigrammen Luft. Am 20.6. trifft er wieder in Weimar ein. Doch schon am 26.7. muß er den Herzog zu preußischen Truppenmanövern nach Schlesien begleiten, von denen er erst am 6.10. zurückkommt. Abermals entsteht ein Schub Epigramme. Wie die »Römischen Elegien« sind auch die »Venezianischen Epigramme« zunächst nur den Freunden mitgeteilt worden, u. a. der Herzogin Anna Amalia in einem ihr gewidmeten Exemplar (vermutlich zu ihrem Geburtstag am 24.10.1790), und wie die »Römischen Elegien« verdanken sie ihre Publikation der Zusammenarbeit mit Schiller. Nicht nur für die ›Horen‹, sondern auch für seine ›Musen-Almanache‹ brauchte dieser Beiträge. Zugleich mit der Übersendung einer Abschrift der Elegien für die ›Horen‹ schreibt Goethe am 26. 10. 1794: »Wegen des Almanachs werde ich Ihnen den Vorschlag tun, ein Büchelchen Epigramme ein- oder anzurücken. Getrennt bedeuten sie nichts; wir würden aber wohl aus einigen Hunderten, die mitunter nicht produzibel sind, doch eine Anzahl auswählen können, die sich aufeinander beziehen und ein Ganzes bilden. Das nächste Mal daß wir zusammenkommen, sollen Sie die leichtfertige Brut im Neste beisammen sehen.« 17. 8. 1795 geht dann die Sammlung an Schiller: »Hier schicke ich Ihnen endlich die Sammlung Epigrammen, auf einzelnen Blättern, numeriert, und der bessern Ordnung willen noch ein Register dabei; meinen Namen wünsche ich aus mehreren Ursachen nicht auf dem Titel. Mit den Mottos halte ich vor ratsam auf die Antiquität hinzudeuten. Bei der Zusammenstellung habe ich zwar die zusammengehörigen hintereinander rangiert, auch eine gewisse Gradation und Mannigfaltigkeit zu bewürken gesucht, dabei aber, um alle Steifheit zu vermeiden, vornherein unter das venetianische Lokal Vorläufer der übrigen Arten gemischt. Einige, die Sie durchstrichen hatten, habe ich durch Modifikation annehmlich zu machen gesucht.« Im Dezember 1795 erschien der Almanach. Das Urteil war geteilt. Auch wo der Respekt vorwaltete, sah man Goethe hier doch etwas zu sorglos am Werke. W. v. Humboldt meinte, als die Berliner Zensur sogar das Epigramm Nr. 67 hatte passieren lassen (die Wiener hingegen verbot den ganzen Almanach): »Das letztere ärgert mich beinah. Mich wundert, daß Sie es nicht schon gestrichen. Es ist doch unartig, und poetischer Verlust war nicht dabei.« (An Schiller, 20. 11. 1795.) Und am 29. 12. 1795 schreibt Humboldt an Schiller: »Der ›Musenalmanach‹ ist jetzt in allen Händen ⟨. . .⟩ Die härteste Kritik muß sich Goethe gefallen lassen, besonders seine ›Epigramme‹, für die nun auch freilich der Standpunkt, aus dem sie beurteilt werden müssen, am schwersten zu finden ist und die ich daher auch von einigen ebenso grundlos loben als von andern tadeln höre ⟨. . .⟩ Mit Rücksicht auf Goethe werde ich auch oft gefragt, warum er soviel teils Schlechtes, teils Unvollendetes ins

Publikum gibt.« Selbst A. W. Schlegel, der damals noch bereit war, Goethe allen Weihrauch zu opfern, wünschte in der ›Jenaer Allgemeinen Litteraturzeitung‹ wenigstens den Nummern 74 und 93 mehr Klarheit, 7, 88 und 90 mehr Würze, 101 mehr Zartheit. Dyks ›Neue Bibliothek der schönen Wissenschaften‹ meinte, »daß wir ein Drittheil dieser Epigramme mit Vergnügen gelesen und in ihnen den Dichter, der auch im Kleinen Original ist, bewundert haben«. Mit den anderen beiden Dritteln konnte man anscheinend wenig anfangen, und das scheint auch heute noch so zu sein; denn einläßlichere Behandlungen der Epigramme sind noch immer vergleichsweise selten. Goethe sah offenbar einen engen Zusammenhang zwischen den »Venezianischen Epigrammen« und den »Römischen Elegien«. Die Epigramm-Produktion hat die der Elegien unmittelbar abgelöst; er hat sie zum gleichen Zeitpunkt »gefaltet und gelegt« und bei dieser Gelegenheit vermutlich die Stücke 101 und 102, die in den Elegien nicht unterzubringen waren, in die Epigramme hinübergenommen; er hat mit dem Titel »Epigramme. Venedig 1790«, der schon auf den frühen Sammelversuchen steht, eine auffällige Parallele zum früheren »Elegien. Rom 1788« gebildet; er hat, wie die Elegien, auch die Epigramme in einem Reinschrift-Versuch mit lateinischen Lettern geschrieben; noch im Brief an Schiller vom 17. 8. 1795 bedenkt er sie gemeinsam: »Sobald der Almanach heraus ist, könnte man zu den Elegien und Epigrammen kurze Noten ⟨Anmerkungen⟩ machen« – wie man das bei antiken Schriftstellern zu tun pflegte; und das ›Hindeuten‹ auf die ›Antiquität‹ durch entsprechende ›Mottos‹ macht deutlich, daß auch die Epigramme in Hinblick auf die antikische Stilisierung gelesen werden sollen. Die Elegie *Herrmann und Dorothea* schließlich hebt an mit den Zeilen: »Also das wäre Verbrechen, daß einst Properz mich begeistert; Daß Martial sich zu mir auch, der Verwegne, gesellt.« Neben Properz, das Muster der antiken Liebeselegie, wird also Martial (ca. 40-100 n. Chr.) gestellt, das Muster der ›frechen‹ antiken Epigrammatik, dessen ›Bücher‹ übrigens ebenfalls jeweils etwa hundert Epigramme umfaßten. Vielleicht sollte man gerade hier den von und für Goethe so oft in Anspruch genommenen Begriff der Polarität anwenden: in den Elegien Zeitaufhebung, Brücke zwischen Gegenwart und antik-heidnischem Rom im erfüllten Augenblick der Liebe, in den Epigrammen deutlichste Zeitzuwendung, gegenwärtiges katholisches Italien, und die Geliebte in der Ferne – erst Rom-Ergreifung durch den ›Modernen‹, und dann, von dem errungenen Standpunkt aus, Gegenwartsschelte durch den ›antikisch‹ gesonnenen Neu-Heiden.

1] Eine Art Programm: Wie die Alten ihre Grabmäler mit Bildern des blühenden Lebens geschmückt haben, so soll den Sarkophag des Dichters dereinst die Sammlung dieser lebensvollen Epigramme umgeben. Auch in der *Italienischen Reise* zeigt sich Goethe davon beeindruckt, daß die antiken Grabmäler nicht Szenen der Lebensabwendung darstellen, sondern den Tod ins Leben einhüllen: »Die Grabmäler sind herzlich und rührend und stellen immer das Leben dar 〈...〉 Der Künstler hat mit mehr oder weniger Geschick nur die einfache Gegenwart der Menschen hingestellt, ihre Existenz dadurch fortgesetzt und bleibend gemacht. Sie falten nicht die Hände, schauen nicht in den Himmel, sondern sie sind hienieden, was sie waren und was sie sind.« (16. 9. 1786) – *Diese Rolle]* Antikisierend die Vorstellung von der Buchrolle.

2] Hoffnungsvolles Ankunftsgedicht: Der Himmel ist blauer, die Methode des Weinbaus charakteristisch für den Süden. Die »Wiege Virgils« stand in Andes bei Mantua. – *Abgeriss'nes Gespräch]* Auf der Reise kann nur »Abgeriss'nes Gespräch« stattfinden: kurze Epigramme.

3] Nun die Wendung zum ›anderen‹ Italien. Traum von der zurückgelassenen Liebsten und italienische Realität mit italianisierten Bezeichnungen oder Lehnübersetzungen: Lohnkutscher (vetturine), Kellner (cameriere), Lohndiener (servitore di piazza), Postmeister (maestro di posta), Zoll (dogana). – *Rinaldo]* Aus Torquato Tassos *Befreitem Jerusalem*, wurde im Zaubergarten der Armida festgehalten. –

4] Zu »Faustinen« vgl. Römische Elegien, Elegie XX und Anm. Der angebliche Nachweis einer Faustina in Goethes Römischem Lebensumkreis hat sich als Fälschung erwiesen. Vielleicht bekam das »Mädchen« erst in Venedig diesen Namen, der dann auch in die Römischen Elegien eingetragen wurde.

5] Apollo, vom Pfeil Amors getroffen, verfolgte die spröde Daphne, diese wurde in einen Lorbeer verwandelt. Daher ist der Lorbeer dem Apollo heilig, und seine Schützlinge, die Dichter, werden mit Lorbeer gekränzt.

7] Als Dialog (mit sich selbst?) zu lesen, Sprecherwechsel in der Zäsur des Pentameters. Charlotte, oder die Liebe zu Italien oder Ermahnung an einen andern? Bezug zum voranstehenden Epigramm?

8] Die ›Kästchen‹ der Gondeln sind mit schwarzem Tuch ausgeschlagen. Der ›Große Kanal‹ ist wie auch in 5 der Canale Grande.

9] Bei der Karfreitagsprozession nach Sankt Markus wurden ein hölzernes Bild des Gekreuzigten begraben und das Grab dann versiegelt. Nuntius ist der Botschafter des Papstes.

18] Nieswurz (Helleborus) war ein altes Mittel zur Heilung von Melancholie und Dummheit. Schon Herakles wurde damit vom Wahnsinn geheilt.

20] Die beiden antiken Löwen vor der venezianischen Staatswerft standen ursprünglich im Hafen von Athen (Piräus) bzw. bei einem athenischen Theseustempel und waren 1688 nach der Eroberung Athens nach Venedig geschafft worden. Der geflügelte Löwe (»Kater«) des Evangelisten Markus ist das Wappentier von Venedig. Die »Mutter der Götter« ist die geheimnisvolle ›Magna Mater‹, die kleinasiatische Göttin Kybele, die auch von den Römern verehrt wurde; sie wurde oft auf einem von Löwen gezogenen Wagen dargestellt.

21] Die Reliquien des Evangelisten Markus wurden am Gründonnerstag ausgestellt. Vgl. auch Nr. 2 der Nachgelassenen Epigramme.

22] Venedig im Regen. »Italienische Reise«, Venedig, 9. 10. 1786: »Wenn ein Tag Regenwetter einfällt, ist ein unleidlicher Kot, alles flucht und schimpft, man besudelt sich beim Auf- und Absteigen der Brücken die Mäntel, die Tabarros . . .«

23] Der rote Mantel (›tabarro‹) war ein charakteristisches Kleidungsstück der Venezianer. Als »Amphibien« bezeichnet Goethe sie im Brief an den Herzog vom 3. 4. 1790.

24] Sankt Johannes in Bragora, d. h. im Schmutz, Kot, heißt eine Kirche in Venedig.

25] Bajae ist ein altrömischer Badeort in der Nähe von Neapel; die dortigen Fische waren besonders ›vornehm‹, weil sie dem Kaiser gehörten.

26] Tibur (Tivoli) war ein beliebter, klimatisch begünstigter Sommeraufenthalt der Römer, das Klima Sardiniens hingegen galt als geradezu lebensgefährlich. Vgl. etwa die Gegenüberstellung Martial IV 60.

29] Vgl. auch Nr. 33 und 76, ferner, aufs konkrete Beispiel bezogen, Nr. 28 der Nachgelassenen Epigramme. Klopstock, der noch immer unermüdlich für die Ehre der deutschen Sprache focht, entgegnet im ›Archiv der Zeit‹ mit einem Epigramm: »Goethe! du dauerst dich, daß du mich schreibest? Wenn du mich kenntest Wäre dies dir nicht Gram, Goethe, du dauerst mich auch!« (Schiller an Goethe, 22.11.1796.)

34b)] Dieses Epigramm ist offenbar schon vor der zweiten Italienreise entstanden, im Zusammenhang der »Römischen Elegien«. Am 10.5.1789 schreibt Goethe an den Herzog: »Leben Sie recht wohl und gedenken mein unter den Waffen. Dafür bereite ich Ihnen auch ein Lobgedicht an einem Platze wo Sie es am wenigsten vermuten und bitte schon im Voraus um Verzeihung.« Es wurde nicht in den ›Musen-Almanach‹ aufgenommen. – *den leidenden Gast]* Der »Werther« war schon 1774 in französischer, 1779 in englischer Übersetzung erschienen. England galt als Heimat des ›spleen‹, einer Art der Melancholie, die besonders anfällig für Selbstmord macht. – *der Chinese]* Chinesische Glasmalereien mit Werther-Motiven sollen 1779 mit einem ostindischen Handelsschiff gekommen sein (Loeper). – *August und Mäzen]* Verknüpfung des Kaisers Augustus mit dem Herzog Carl August. Maecenas, ein Zeitgenosse des Augustus, Gönner von Horaz, Vergil und Properz, wurde zum Musterbeispiel des Kunstförderers. Eine frühere Fassung bei den Nachgelassenen Epigrammen.

36-47] Epigramme um eine Gauklertruppe, auch in den nachgelassenen Epigrammen Nr. 20-25. Besonders hat es Goethe das Mädchen Bettina angetan.

36 〈...〉 Johannes Bellin] Giovanni Bellini; gemeint sind dessen ›Putten‹ (Engelsgestalten). – *Paul Veronese]* Dessen monumentales Gemälde »Die Hochzeit zu Kana«, nach Ev. Joh. 2, 1-11, die Verwandlung von Wasser in

Wein, heute im Louvre, ursprünglich für das Refektorium eines venezianischen Klosters.

37] Molluska: Weichtier.

38] Ganymed: Der Geliebte Jupiters.

42 und *43]* An Knebel schickt Goethe am 23. 4. 1790 einige Epigramme (die Nummern 36, 37, 38, 39, 42, 43, 44, 47, ⟨20⟩, ⟨23⟩) mit folgenden Erläuterungen: »›Far Bottegha‹ ⟨das Geschäft eröffnen⟩ heißt bei Taschenspielern und Gauklern: die zudringenden Zuschauer vor Anfang des Spiels nach Verhältnis entfernen und sich den nötigen Raum verschaffen, den einige vorher mit Kreide bezeichnen. Bettine läßt gewöhnlich den jüngeren Bruder auf ihre Schultern treten, und so geht sie auf der weißen Linie umher und reinigt den Platz. ›Anime‹ ⟨Seelen⟩ hat bei katholischen Christen den Nebenbegriff: erlöste, zur Seligkeit bestimmte Seelen, mit denen man also solche frevelhaften Possen nicht treiben sollte.«

43] Im ›Musen-Almanach‹ steht das Anführungszeichen vor dem zweiten Vers.

44 tödlichen Sprunge] Dem ›salto mortale‹.

48 ⟨. . .⟩ Böcke ⟨. . .⟩ Schäfchen] Beim Jüngsten Gericht, Matth. 25, 32 f.

51] Der Kaiser Joseph II., der in seinen Landen allzu forciert die Aufklärung durchsetzen wollte und schließlich scheiterte, war am 20. 2. 1790 gestorben; sein Nachfolger war sein Bruder Leopold.

52] Mit dreißig Jahren begann Jesus öffentlich zu wirken (Luk. 3,23).

55] Die Berliner Akademie hatte 1778 die Preisaufgabe gestellt: »Est-il utile au peuple d'être trompé?« In einer Handschrift auch zwei zusätzliche Zeilen: »Hunde zieht ihr aus ihnen und wenn sie sich hündisch bezeigen, | Peitscht ihr die Hunde die ihr früher die Peitsche verdient.«

56] Münz-Manipulationen waren z. B. von Friedrich II. von Preußen bekannt. Den Edelmetall-Gehalt einer Legierung kann man erkennen, wenn man damit über einen Stein (Kieselschiefer oder Basalt) streicht.

58] Die Sprache des europäischen Adels vor der Revolution war das Französische: Jetzt lernt auch das Volk ›Französisch sprechen‹.

59] ›Überschrift‹ ist eine damals gebräuchliche Übersetzung von ›Epigramm‹.

60] In der Apostelgeschichte 10, 11 f. sieht Petrus auf einem großen, vom Himmel gefahrenen Tuch allerlei Vierfüßler, wilde Tiere, Gewürm und Vögel.

64] ›Philarchos‹ ist wörtlich der ›Erzliebende‹ oder auch der ›Herrschaftliebende‹.

66] Das Kreuz wurde von den Zeitgenossen umrätselt. Einer Überlieferung zufolge, die über Alfred Nicolovius auf Goethes Sohn zurückgeht, habe Goethe hier niemals an etwas anderes gedacht als an ein viertes Übelriechendes, nämlich den »crepitus ventris« (Loeper). Mag sein, daß er später die Fragenden wirklich so an der Nase herumgeführt hat. In einer Handschrift jedenfalls steht an der Stelle dieses Kreuzzeichens: »Christ«. Goethe respektierte in Jesus den großen Menschen. Die Lehren von der Erbsünde und vom Kreuzesopfer hingegen lehnte er ab. Das katholische Milieu war für ihn wie für die meisten protestantisch erzogenen Gebildeten der Zeit eine exotische Welt, der er teils fasziniert, teils mit Abscheu gegenüberstand.

67-72] Eine Sequenz, die den ›Lazerten‹ (eigentlich: Eidechsen) gilt, den venezianischen Dirnen.

69] Was es mit dem »Kaffee« auf sich hat und um welche Art von ›Geschäftigkeit‹ es sich handelt, wird aus Nr. ⟨26⟩ der Nachgelassenen Epigramme deutlich.

77-79] Nach der Rückkehr von der ersten Italienreise hatte Goethe seine botanischen Studien intensiviert (*Versuch die Metamorphose der Pflanzen zu erklären*, 1790) und sich mit Optik (*Beiträge zur Optik*, 1. Stück 1791) beschäftigt. Gegen Newtons Lehren wird er sein Leben lang einen vergeblichen Kampf führen.

78] Gegen dieses Epigramm hatte Schiller anscheinend Einwände erhoben, denn Goethe schreibt bei der Übersendung des Druckmanuskripts: »Nummer 78 wünsche ich, so unbedeutend es ist, an diesem Platze, um die Schule zu reizen und zu ärgern, die, wie ich höre, über mein Stillschweigen triumphiert und ausstreut, ich würde die Sache fallen lassen.« (17. 8. 1795)

83-102] Die erotische Schlußsequenz enthält auch Material, das schon im Zusammenhang der Römischen Elegien entstanden ist. Als sicher kann man das für die Nr. 101 und 102 annehmen, doch auch bei einigen anderen Epigrammen ist wahrscheinlich, daß es sich um ›Späne‹ aus dieser Zeit handelt.

84] Morpheus ist der Gott des Schlafes, zu seinen Attributen zählt der Mohn, aus dem man das Opium gewinnt.

87] Aurora ist die Göttin der Morgenröte, Phöbus (Apollo) der Sonnengott.

89] Vor dem Tempel des ägyptischen Königs Amenophis III. bei Theben stand ein kolossales Steinbild, das durch ein Erdbeben zerstört wurde. Seither gab das Monument bei Sonnenaufgang einen Ton, ähnlich dem Klang einer zerspringenden Saite, von sich. Die Griechen deuteten den Stein als ein Bild Memnons, der seine Mutter Eos (Aurora, die Morgenröte) grüßt.

90] Das Spielzeug, das immer wieder einmal Mode wird, ist heute als Jo-Jo bekannt.

93] Der zweite Vers ist mißverständlich, in der Handschrift für die Ausgabe von 1806 als verbesserungsbedürftig angemerkt, doch dann nicht verändert. Die Erklärungen, die z. B. JA und BA geben (JA, Bd. 1, S. 361: »Die Glücksgüter, die der Mensch in der Regel erfleht, haben geringen Wert«) scheinen mir nicht zutreffend. Gemeint ist wohl: Die Götter haben mir fast alles außerhalb der Regel, außerhalb des normalen Ganges gegeben.

95] Ein Meerleuchten, hervorgerufen durch Leuchttierchen im Wasser. Aphrodite (Venus), die Göttin der weiblichen Schönheit und der Liebe, entstand aus dem Schaum des Meeres.

97] Äolus ist der Gott der Winde.

98] Wortspiel mit ›kleiderlos‹: ›Kleid‹ im engeren Sinn ist die feine Garderobe.

100] Eine der Midas-Sagen (vgl. auch Anm. zu S. 30) berichtet, Dionysos habe ihm die Gabe verliehen, daß alles, was er berührt, zu Gold wird. So wurden auch die Speisen zu Gold.

101 und 102] Der geschwollene Hals soll im antiken Volksglauben auf den Verlust der Jungfernschaft deuten (Catull 64, 377 f.). Die beiden Epigramme würden dann den ganzen Zyklus von der ersten Vereinigung bis zur Geburt umfassen. Am 25.12.1789 wurde Goethes Sohn August geboren. Die Steigerung »Wonniglich« | »Wonniglicher« in Nr. 102 entspricht (wie auch das Kompositum ›Neulebendiger‹) einem Sprachgestus Klopstocks, den dieser vor allem dem ›Erhabenen‹ vorbehält. Die Horen sind die Göttinnen der Zeit.

NACHGELASSENE EPIGRAMME

Es sind drei Sammlungen der »Venezianischen Epigramme« von Goethes Hand erhalten (Goethe- und Schiller-Archiv, Weimar), ferner ein Notizheft und das Notizbuch von der schlesischen Reise, die ebenfalls Entwürfe enthalten. – Sie sind zeitweilig sekretiert und mit Schere und Rasiermesser gereinigt worden. Die WA hat Nachlaß-Epigramme im Textteil von Bd. 53 und in den Paralipomena von Bd. 5/II und Bd. 53 mitgeteilt.

1] Gegen die ›christliche‹ Forderung vorehelicher Enthaltsamkeit. Lais ist der Name einer berühmten Hetäre. – *früheren]* Verfrühten.

2] Drastische Pointe auf den katholischen Reliquienkult. In Lampsakus wurde Priapus geboren.

3] Das letzte Wort der ersten Zeile ist in einer Handschrift abgerissen, in einer anderen abgekürzt. Das Kürzel könnte h⟨uren⟩ oder s⟨ündern⟩ lauten.

4] Psalm 2, 1.

5] Das Verhältnis zu Lavater hatte sich schon im ersten Weimarer Jahrzehnt abgekühlt; nach Italien gehört Lavater für Goethe zu den betrogenen Betrügern.

7] Das gestempelte Brot ist die Hostie. In einer Handschrift in v. 2 die Variante: »Lavater christlich und stolz«. Das Epigramm zielt darauf, daß sich das Christentum das Erbe der heidnischen Antike angeeignet hat.

8] Düntzer vermutet Zusammenhang mit dem Karfreitag (letzte Zeile: Der ›König der Juden‹ liegt im Grab).

9] Die von der religionskritischen Aufklärung (z. B. Reimarus) verfochtene These vom Jünger-Betrug.

15] Goethes Abneigung gegen die Lehre von der Erbsünde.

17] Schon am 1. 10. 1786 berichtet Goethe im Tagebuch der Italienischen Reise für Charlotte von Stein über die Kirche der ›Mendicanti‹: »Die Frauenzimmer führten ein Oratorium hinter dem Gitter auf: die Kirche war wie gewöhnlich voll Zuhörer, die Musik sehr schön und herrliche Stimmen.« Bereits 1791 in der ›Deutschen Monatsschrift‹ veröffentlicht.

19] Hymen ist der Gott der Hochzeit.

20-25] Epigramme um Bettina, vgl. die Nummern 36-47 der veröffentlichten Epigramme.

22] Goethe erläutert in einem Brief an Charlotte von Kalb vom 30. 4. das Epigramm: »›Mi racommando Signori! da bravi! fatevi bravi!‹ ist der Zuruf, den Gaukler und Taschenspieler brauchen, wenn Geld eingesammelt wird.« Also etwa: »Ich empfehle mich den Herrn! Seid wacker! Tut es wacker!«

24] Das alte Wort ›Fotze‹ (›fut‹) für das weibliche Genitale hier wie auch in (42) im eher zärtlichen Diminutiv einzusetzen.

25] Eines der weggeschabten Epigramme, die Lücke ist nicht mehr zu restaurieren. K. R. Eissler, *Goethe*, Bd. 2, Frankfurt/Main 1985, S. 1481, erwägt die Möglichkeit, daß Bettina das Kunststück beherrschte, »Geldmünzen im Genitale verschwinden und wiedererscheinen zu lassen«. Aber sind Geldmünzen lieblich? Eher die Vorstellung einer Defloration bei einem akrobatischen Kunststück, wie sie einer Zeit, der weibliche Leibesübungen fremd waren, durchaus nahelag.

26] ›Branlieren‹ (von franz. ›branler‹, schütteln, wackeln, schlenkern) bezeichnet sehr weit gehende manuelle Gefälligkeiten der Lazerten, die als entkräftend empfunden wurden.

28] Auf einem Einzelblatt ausgeschrieben »des Schwanzes«.

29] Goethe hatte den Sohn des holländischen Anatomen Petrus Camper in Rom kennengelernt. ›Merkur‹ steht für Quecksilber, aus dem die Präparate gegen die Syphilis hergestellt wurden.

30] In der antiken Dichtung topisch, etwa Martial IX 67, XI 104 und *Anthologia graeca* V 116.

31] Die Geschichte von Hans Carvel in Rabelais' *Gargantua und Pantagruel* III 28. Panurge holt sich bei Bruder Jan Rat, wie man sich der Treue seiner Frau versichern kann. Der erzählt ihm die Geschichte vom alten Carvel, der voller Mißtrauen gegenüber seiner jungen Frau war. Da schob ihm im Traum der Leibhaftige einen Ring an den Finger und beteuerte, solange er diesen Ring trage, könne kein anderer seinem Weib zu nahe treten. Beim Erwachen findet er den Ring, von dem bei Goethe die Rede ist. Die Geschichte ist auch Gegenstand von Jean de Lafontaines Erzählung *L'anneau d'Hans Carvel*, die Goethe auf der Schlesischen Reise las.

39] Der ›heilige Christ‹ ist nach dem Sprachgebrauch der Zeit Weihnachten.

49] Siehe Epigramme 34b. Es wird an dieser Stelle eine frühere, nur handschriftlich erhaltene Fassung gedruckt.

Karl Eibl

Zu dieser Ausgabe:

insel taschenbuch 3175: Johann Wolfgang Goethe, »Römische Elegien und Venezianische Epigramme. Erotica Romana, Priapea«, herausgegeben von Karl Eibl.

Der Text dieser Ausgabe sowie der Kommentar folgt dem ersten Band der 1998 im Insel Verlag erschienenen Jubiläumsausgabe von Goethes »Werken« in sechs Bänden.

Insel Verlag Anton Kippenberg GmbH & Co. KG
Torstraße 44, 10119 Berlin
info@insel-verlag.de
www.insel-verlag.de